ESO NO ME LO QUITA NADIE

ESO NO ME LO QUITA NADIE

ANA MARÍA MACHADO

Ilustraciones de Alejandro Ortiz

Traducción de Juan Fernando Esguerra

www.norma.com
Barcelona, Bogotá, Buenos Aires, Caracas,
Guatemala, Lima, México, Miami, Panamá, Quito,
San José, San Juan, San Salvador, Santiago de Chile.

Título original en portugués *Isso ninguém me tira*
© Ana Maria Machado
© Editora Ática S.A.,1996, São Paulo, Brasil
© Editorial Norma S.A.,1998 de la edición en
español para Estados Unidos, México, Guatemala,
Puerto Rico, Costa Rica, República Dominicana, Honduras,
Nicaragua, Panamá, Colombia, Venezuela, Ecuador, Perú,
Bolivia, Chile, Argentina, Uruguay y Paraguay.
A.A. 53550, Bogotá, Colombia

Prohibida la reproducción parcial o total
sin permiso escrito de la Editorial.

Impreso por: Cargraphics S.A. - Red de Impresión Digital
Impreso en Colombia — Printed in Colombia
Septiembre del 2006

Dirección Editorial, María Candelaria Posada
Dirección de Arte, Julio Vanoy
Diagramación y armada, Ana Inés Rojas

ISBN 950-04-4530-3

CONTENIDO

Cómo comenzó todo *Versión Gabi*	9
Cómo comenzó todo *Versión Dora*	21
Cómo comenzó todo *Versión Bruno*	45
Complicaciones a montones	53
Inventando una manera	75
Con un océano de por medio	85
Cadenas y cadenitas	105
Ampollas	121
Eso no me lo quita nadie	135

"¿Sabes tú qué es el amor?
No lo sabes...
¡Yo lo sé!
[...]
...Pero sé que mi poesía
-ra-ra-
Tú no me la robas, no..."

Vinicius de Moraes

CÓMO COMENZÓ TODO

Versión de Gabi

Cuando vi por primera vez a Bruno, supe que era el hombre más hermoso que había visto en mi vida. Fue sólo observarlo de lejos, mientras caminaba en la playa, con paso lento, en dirección a nosotras dos. No se necesitó nada más. Un chico muy atractivo. De esos que casi nos dejan sin habla. No era necesario ningún esfuerzo para ver que era alguien fuera de lo común.

Pero lo que nada permitía suponer en ese instante es que yo supiera todo acerca de su vida. O, al menos, un montón de cosas. El nombre y apellido. El colegio en donde estudiaba. La calle en donde vivía. Que tenía

—que todavía tiene, pues creo que es mejor hablar de todas estas cosas en presente— un hermano pequeño llamado Felipe y una hermana de ocho años llamada Claudia. Que el padre es italiano y la madre es de Mato Grosso. Que tiene una bicicleta. Que toma clases de inglés cerca de la casa de mi tía Carmem. Que juega baloncesto en el club y entrena todos los días al final de la tarde. Que odia bailar y nunca va a fiestas. Que nunca lleva merienda de la casa y todo el día come perros calientes con refrescos en la cafetería del colegio. Que no tiene novia. Que todas las chicas viven enamoradas de él.

Especialmente mi prima Dora.

Más que mi prima, mi mejor amiga. La amigaza a quien le cuento todo. La persona con quien sé que puedo contar para todo. En cualquier momento.

Gracias a ella, yo sabía todo acerca de Bruno. Menos qué cara tenía. Sólo faltaba encontrarlo en persona.

Creo que, desde que ella vino de Livramento a estudiar en nuestra ciudad y fue a vivir en la casa de la tía Carmem, nos hablá-

bamos por teléfono todos los días y nos encontrábamos siempre que podíamos. Y todas las veces ella hablaba de Bruno. Fue así como llegué a saber tantas cosas de él.

En un comienzo, no sabíamos mucho. Dora sólo hablaba de él como "el chico del lunar". Porque él tiene un lunar increíble en el rostro, una manchita muy negrita, un poquito por encima del lado izquierdo de la boca. Y tiene el cabello negro, bien lacio, siempre cayéndole en la cara, y tiene que echárselo para atrás con un bonito movimiento de la cabeza que él hace a cada momento. ¿Y la nariz? ¿Sabes que es una nariz perfecta? Pues la suya. Muy recta, ni grande ni pequeña, parece dibujada. Nunca vi una igual. Los ojos son un poco rasgados, pero grandes. Y muy negros. Y parece que llaman más la atención porque los huesos son muy marcados y les dan realce: los pómulos salientes, el mentón muy definido, casi cuadrado. Los dientes son parejos, bien alineados, que no precisan aparatos de ortodoncia, y se muestran en una sonrisa muy blanca, a causa del color de la piel. Ah, porque su piel es morena, bastante morena, de un bronceado natural. Y se vuelve aún más dorada por el sol. Parece un indio. Como aquellos tan hermosos, de película, tipo "El último de los mohicanos". En medio de todos aquellos surfistas de cabello entre rubio y castaño claro, que pasan cargando las planchas, él es el único bien moreno. Está bien, exageré: el único, no. La playa está llena de chicos de cabello negro. Pero ninguno tan hermoso como Bruno. " El chico del lunar". Un lunar amplio, que tiende a extenderse. Mi prima Dora tenía toda la razón.

Poco a poco, ella fue descubriendo más cosas sobre él. Y fue contándolas. A mí y a la hinchada del Flamengo... como dice mi papá. Pero también del Vasco, del Corinthians, de cuanto equipo existe. Todo el mundo sabía del enamoramiento de Dora por Bruno: tías, tíos, primos, abuelos, madrinas, amigas de la vecindad, hasta el loro del patio debía de haber aprendido a repetir: "¡Bruno! ¡Bruno!".

A veces me daba un poco de vergüenza, porque soy muy diferente. Mi madre dice que tengo la manía del secreto. Pero no es verdad. Sólo que no me gusta que se enteren de mi vida, y no salgo por ahí contándolo todo, como Dora. Cuando me gusta un chico, por ejemplo, me lo guardo para mí misma. No quiero que se queden comentando. A Dora, no. No le preocupa. Sólo quería que él no se enterara. Mas, como nunca se aproximaba a él, ni a quien fuera amigo de él, no existía el mínimo peligro. Y pasó dos años — ¡dos años, hombre! ¿Te imaginas?— hablando de Bruno, soñando con Bruno, suspirando con Bruno, sin acercarse nunca a Bruno. Había una facilidad (o una dificultad, para quien no quiere estar cerca). Y era que los dos estudiaban en el mismo colegio. Y aunque los horarios de recreo eran diferentes para la primaria y la secundaria, siempre era posible observarlo de lejos, pegar una conversadita con alguien aquí o allá, e ir poco a poco descubriendo una cantidad de cosas. Cuando supo su apellido, fue un tremendo avance. Porque mi tía Carmem (que debía oír hablar de Bruno de la mañana a la noche, ¡imagínate!, con Dora viviendo en la casa de ella) dijo que había sido compañera de universidad de la madre de él. Y entonces fue cuando obtuvo todo ese montón de información...

Mi prima desbordó de entusiasmo. Hay momentos en que pienso que, por más enamorada que estuviera de Bruno, lo que más ansiaba ella era divertirse como detective e intentar descubrir cosas acerca de él. Pero no sé. Es muy difícil hablar de esas cosas. Yo acabé participando mucho en esa historia, y no es posible estar seguros de nada más cuando entramos en ese terreno de los sentimientos. Sin embargo, estoy queriendo contar todo tal cual ocurrió, con la mayor exactitud y la mayor sinceridad. Para que entiendas bien. O para entender yo misma, tal vez, no sé, pero creo que la verdadera razón, en el fondo, es esa. Para mí misma. Si no, nada sacaría. Sigo tratando de recordar cada momento, como si estuviera sucediendo ahora, como si el pasado fuera el presente y yo estuviera viviendo todo en este preciso instante. Para ver si, poco a poco, logro entender lo que pasó, porque hay momentos en que yo misma me asombro.

Entonces, recapitulando ese comienzo: desde la primera vez que vi a Bruno, encontré que era hermoso. Pero, en ese primer momento yo no sabía, no podía adivinar que aquel hombre maravilloso que venía caminando por la playa era justamente el famoso Bruno, la pasión de la vida de Dora, mi prima, mi mejor amiga. Yo sabía todo acerca de él, sabía hasta el número de sus zapatos (porque una vez él le regaló a un compañero de colegio un par de tenis que le habían quedado apretados, y él no los quería más; era sólo cuestión de aumentar el número para saber cuánto calzaba ahora, y Dora descubrió...).

Pero yo no conocía su cara. Ni sospechaba. No soy adivina.

Estoy escribiendo esto y pensando en una cosa. No es justo que conozcas a Bruno sólo porque yo digo. Sería bueno saber lo que dijo Dora, con sus propias palabras. Y hay un modo óptimo, vas a ver.

Cuando ella vino de Livramento a estudiar en un colegio mejor, en una ciudad más grande, mi tío Henrique (que es el padre de ella, hermano de mi madre y de la tía Carmem) quería que ella aprovechara muy bien todas las oportunidades de aprender cosas que no existían en aquel apartado rincón del mundo en donde ellos viven, en realidad más un pueblo que una ciudad. Él es agrónomo y trabaja en una hacienda enorme. Los hijos van a la escuela rural, pero cuando Dora iba a ingresar al séptimo grado, él consideró que era mejor que viniese a la ciudad. A aprender cosas, a conocer gente... así fue como él explicó. Y una de las cosas que él le encareció era que aprendiera mecanografía.

Tal vez un día pudiera ser secretaria o trabajar en algo que requiriese escribir a máquina. Y como en la casa de mi tía Carmem no había máquina, nos pidieron prestada la que teníamos en casa.

Mamá estuvo de acuerdo, pero papá dijo que, aunque no tenía inconveniente en prestarla, no quería que la sacaran de la casa, porque de vez en cuando él podía necesitarla para alguna cosa. De modo que Dora vino a practicar y hacer ejercicios en nuestra Olivetti. Y algo que hacía mucho era traer los borradores de las cartas que quería escribir, para pasarlas a limpio en la máquina. Incluso después que aprendió bien y acabó el curso, continuó haciendo eso. Y me dejaba a guardar los borradores, en una carpeta de cartón decorada con flores, en el fondo de mi gaveta. Muchas veces traté de devolvérselos, pero ella decía:

—Yo no. ¿Para qué quiero eso? Guárdalos tú...

—Pero son tuyos —decía yo.

—¿No dices que quieres ser escritora? Pues, entonces, quédate con ellos. Tal vez algún día te sirvan de inspiración. ¿Has pensado en eso? Puedes volverte famosa, escribir novelas para la televisión, y todos los días, a las ocho de la noche, todo Brasil se detendrá para ver *DORA*, con aquella música con mi nombre sonando...

—Casi ya no hay novelas con nombres de personas.

—¿Y *Salomé*?

—¿Tú misma no dices que allá, en la hacienda, Salomé era el nombre de una vaca?

—En la hacienda... En la hacienda... Pero en la novela es una persona. Y hay un montón más. Isaura, hasta con tu nombre, Gabriela, que sé yo, debe de haber más. Cuando quieras, puedes utilizarlo. No es necesario pedir permiso. Va a ser la única manera de volverme famosa.

—Deja eso. Tú puedes hacer muchas cosas importantes en la vida, fuera de eso. Descubrir medicamentos, ser reportera, ganar campeonatos de voleibol, volverte artista...

—Estoy hablando en serio. Tú eres la que va a ser famosa, escritora, artista, campeona, qué se yo qué. Yo voy a casarme con Bruno, a vivir en la hacienda, a tener un montón de hijos y a contarles cómo siempre estuve enamorada de su padre y cómo supe siempre que toda mi vida iba a estar dedicada a mi familia. No sé para qué estoy estudiando tanto... ¡Ay, Bruno!

¡Y, listo! Ahí vinieron los suspiros... Y Bruno para acá, y Bruno para allá...

Por eso pienso que ahora puedo aprovechar la propia sugerencia de ella y mostrar algunos fragmentos de las cartas que iba es-

cribiendo a su familia y a sus amigas de Livramento, contándoles de Bruno. De ese modo ella misma cuenta un poco de lo ocurrido durante esos dos años. Y se puede aprovechar también para conocer un poco a Dora.

CÓMO COMENZO TODO

Versión de Dora

Livramento, 4 de abril de 19...
Mi querida hermana Alicita:
No te sorprendas con este sobre y esta carta escritos a máquina. Soy yo misma quien te está escribiendo, en casa de tía Lola, con lo que estoy aprendiendo en el curso de mecanografía.

Aquí todo va bien. Me estoy acostumbrando cada vez más al colegio, y las clases ya no me parecen tan difíciles. Creo que si sé esforzarme y cumplir mi parte con responsabilidad, voy a entenderlas bien. Los profesores, en general, son buenos y comprensivos, aunque su trato es muy diferente de la manera tan cariñosa de tratarnos doña Dinora allá... Son más distantes, no se interesan por los alumnos del mismo modo que ella. Pero son muy competentes para dar su materia.

Como ya te dije, el colegio es muy grande, con muchos cursos. En la hora del recreo, el patio se llena con una multitud. Tal vez debiera decir "en la hora de los recreos", porque hay más de uno. Fuera de los recreos de los menores, por la tarde, por la mañana son sólo dos: el mío (del quinto al octavo año) y el de los mayores (enseñanza secundaria). Los alumnos en general se cruzan en la escalera, unos subiendo, otros bajando. Entonces es posible ver de cerca a los demás, muy rápido. Una chica agraciada, pecosa, de cabello casi rubio. Un chico hermoso, de cabello largo, con un lunar encima de la boca. Dos gemelas tan idénticas, que no es posible distinguir la una de la otra. Pero, en realidad no conozco a nadie, fuera de los de mi aula. Y mi única amiga es realmente Gabi, aquí en la casa de la tía Lola. Todos los días hablamos por teléfono. Y ahora, a causa de la clase de mecanografía, voy a tener que venir aquí toda la semana a practicar. Pero siento mucha saudade de ustedes. Recuerdos a todos, besos a los niños. Estoy escribiendo a mamá y papá en hoja aparte.

Dora

Livramento, 18 de abril de 19...
Alicita querida:

Hoy la carta es muy breve, porque va a haber una fiesta en el colegio dentro de poco y tengo que volver allí. Hubo un concurso de lectura y redacción, y los premios van a ser entregados en el auditorio hoy, porque es el día del aniversario de Monteiro Lobato. Yo no gané nada. Pero el ganador de toda la secundaria fue el chico del lunar, que se llama Bruno. Y yo quiero ver esa entrega de premios. Pueda ser que haya discursos de agradecimiento, pues así oiré su voz. Él es hermoso, hermanita, nunca vi un chico así. Y tiene una manera simpática de sonreír, un poco tímida, ¡Ay!, que con sólo recordarla me llena de emoción. Pero no le cuentes a nadie, por amor de Dios. No quiero que papá y mamá se preocupen.

¡Chao! Un beso.

Dora

Livramento, 9 de mayo de 19...
Querida Alicita:
Fue magnífico que mamá viniera el día festivo de la semana pasada. Aliviamos un poco la nostalgia, y me encantó mirar las fotos de todos ustedes. No sé si a ustedes les gustaron las mías que ella llevó, en las que tengo nueva cara, con el cabello cortado. Ahora el cabello de Bruno es más largo que

el mío. Cuando hace calor o tiene clase de educación física, se lo recoge en forma de coleta, con una banda elástica. Si la familia, allá en la hacienda, lo viera, le parecería cómico. Pero él no se ve cómico. Se ve más atractivo, si fuera posible.

(Voy a suprimir otros asuntos. Y voy a suprimir las firmas y las despedidas. Son siempre de Dora, claro. Incluso creo que desde ahora sólo voy a transcribir los fragmentos que hablan de él directamente, e incluso sólo algunos. Si no, sería cosa de nunca acabar. Gabi).

30/5
[...] No hables de Bruno como si fuera mi novio, porque no es verdad. No tenemos amores. ¡Todavía no, hermanita, todavía no! A decir verdad, nunca he conversado con él. Pero cambié de puesto en mi aula y ahora me siento cerca de la ventana. Es decir, en la tercera hora, mientras los alumnos de secundaria tienen recreo, yo

puedo quedarme viendo. Y todos los días veo a Bruno en la cola de la cafetería, o conversando, comiendo y tomando refrescos con esa manera tan especial de él... También veo bien las clases de educación física en el patio. Fue así como descubrí que es el mejor jugador de baloncesto del colegio, todo el mundo se siente orgulloso de él. Pero también entrena todas las tardes en el club, forma parte del equipo oficial, es campeón juvenil. De vez en vez, cuando tiene un partido afuera, asiste un grupo de hinchas formados por alumnos del colegio. Ya me han invitado, pero no tuve el valor de ir.

14/6

Va a haber una *fiesta junina*[1] en el colegio, grandiosa, con casetas, bazar, un montón de cosas. Y comparsas de baile. Todos los grupos participan y fuimos divididos en dos grupos. Yo quedé en el grupo de los mayores, ¿te imaginas, mi querida hermanita? ¡Voy a bailar en la misma comparsa de Bruno! Y vamos a tener una cantidad de ensayos... Vamos a encontrarnos, de cerca, muchas veces. Es posible que ahora empecemos a tener amores de verdad...

4/7

Conversaremos con más calma cuando llegue allá, la semana que viene, a pasar unas semanas de vaca-

---

1 En Brasil, fiesta que se celebra en junio, en honor a san Juan, san Pedro y san Antonio. (Nota del traductor).

ciones y acabar con la saudade. Para satisfacer tu curiosidad, sólo te digo por adelantado que la fiesta junina fue estupenda, y que mi tía Carmem preparó para mí con todo esmero una *caipira*[2] superbonita que todo el mundo elogió. Es decir, todo el mundo menos Bruno. Es muy reservado, ¿sabes?

Está siempre con los amigos y no conversa mucho, excepto con sus compañeros de curso. Pero, de todos modos, algunas veces nos cruzamos en la comparsa de baile (en la cual, según descubrí, sólo participó por obligación, pues no le gusta bailar). Y cuando unas parejas formaban un túnel y otras pasaban por debajo, o cuando una rueda grande se estrechaba en el centro, nos veíamos muy de cerca y a veces hasta era posible apoyarme en él levemente. Fue estupendo. Pero mi pareja de baile

---

[2] Traje típico especial para las fiestas juninas. (Nota del traductor).

era un chico fastidiosísimo, Sergio, de mi misma aula, que vive todo el tiempo detrás de mí, y a cada momento me jalaba hacia su lado...

8/8

Tú no sabes lo más importante. Tuve una conversación excelente con mi tía Carmem el otro día, porque regresé de la hacienda con mucha nostalgia de la casa y andaba un poco triste, y ella se me acercó a charlar, fue muy agradable, me contó cosas de papá cuando era pequeño, y de cómo él y mi mamá se conocieron y comenzaron a enamorarse, de las fiestas a las que iban siempre juntos, de una merienda campestre que hicieron, de todas esas cosas. Todos ellos fueron compañeros de colegio, ¿sabías? Entonces la charla se fue animando y yo acabé contándole sobre Bruno. Y cuando le dije su apellido (que yo sé desde aquel concurso de redacción que él ganó, y que me encanta pronunciar, porque es tan lindo, un apellido italiano que parece música...), ella me dijo que conocía a su familia. ¿Te imaginas? Lo conoce incluso a él, es amiga de la mamá de Bruno, fue al matrimonio de los padres de él. Dijo que hasta había visitado a Bruno en la clínica de maternidad, cuando nació, ¿te imaginas que cosa más tierna? Le pregunté si era un bebito lindo, con aquel lunar cerca de la boca, pero ella dijo que no recordaba nada en especial. Sólo se acordaba de la madre de él. Fueron com-

pañeras de universidad, y la madre de Bruno trabajaba ahora en una agencia de publicidad. El padre de él es fotógrafo, vino al Brasil a hacer un trabajo y acabó quedándose y casándose aquí. Sólo que mi tía Carmem me explicó que hace tiempo no se encuentra con esa amiga, ¿pero quién sabe?

28/8
Continúo descubriendo una cantidad de cosas sobre él. O sobre su familia. La tía Carmem me contó que la madre de él es muy inteligente, incluso brillante, que era una de las mejores alumnas de su facultad y que es muy respetada profesionalmente. Y que se había criado en una hacienda del interior, ¡como yo! ¿No crees que es una gran coincidencia? La historia de la juventud de su madre debe tener tantas semejanzas con la historia de la chica con quien él va a acabar casándose... Él aún no lo sabe, pero lo sabrá... Y ahí las historias se vuelven di-

ferentes. Porque yo no tengo el menor propósito de volverme una de las mejores alumnas de mi facultad, ni siquiera de hacer una carrera universitaria, de hacer una carrera brillante en un mercado disputadísimo, con niveles de competencia extraordinarios... como dice mi tía Carmem. Lo que quiero realmente es vivir en la hacienda y criar a mis hijos con toda la dedicación. Eso de que la madre trabaje fuera de la casa no va conmigo. Por más que se esfuerce, no puede realizar bien ninguna tarea, pienso. Por ejemplo, aquí entre nos, Gabi no se queja, pero creo que la tía Lola podría dedicarle más atención, controlarla más, ir de vez en cuando al colegio a conversar con los profesores, preguntarles sobre los problemas de la hija, hacerle más compañía.

(¡Dios me libre! ¡Qué idea! Ya me imagino una madre sin nada que hacer dentro de la casa, importunándome de la mañana a la noche. ¡Ni hablar! ... / Gabi)

Las dos tienen unas manías de independencia que para mí son un tanto exageradas. Completamente diferentes de nosotros, del desvelo con que mamá está siempre haciendo cosas para nosotros. En casa de la tía Lola hasta Tiago va a la cocina a "revolar", como él dice. Fríe huevos, asa carne, prepara arroz, adereza ensalada. Por la mañana temprano, son Gabi y él quienes preparan el café para toda la familia. Y una cantidad de cosas más que no creo muy apropiadas, pero no quiero seguir hablando ni parecer indiscreta.

(Ya habló, ya fue indiscreta... Mejor dicho, siempre lo es. Me agrada mucho Dora, pero a veces habla demasiado. Y piensa que el mundo es como ella imagina; no sabe respetar mucho las diferencias. Y confunde el desvelo materno con el exceso de trabajo. Mi mamá no necesita andar con meloserías para que yo sepa que me quiere. /Gabi/ Sobra decirte que lo que esté entre paréntesis así, en medio de las cartas, son comentarios míos. No voy a firmar más.)

Es su manera de ser feliz. No tengo por qué meterme.

(Exactamente: no tiene por qué. No me gustó mucho el fragmento anterior. No es de su incumbencia la manera como mis padres nos educan a mi hermano y a mí, pero, en fin... lo dejé para que veas lo que ella piensa de la vida. Una amigaza y un encanto, pero con ideas un poco anticuadas, y toda llena de "convenientes" y "apropiados". Y ahora está mucho mejor, viviendo con mi tía Carmem, una mujer soltera e independiente. ¡Lo máximo! Pero cuando llegó aquí, había momentos en que era ridícula...)

18/9

¡Hoy es el cumpleaños de Bruno! Lo supe por casualidad. Oí a Meireles, profesor de historia, decirle a Celso, de matemáticas, que tenía que resolver unos asuntos en el centro, después de clase, y le iba a pedir un aventón al padre de Bruno, que hoy venía a buscar a su hijo para ir a almorzar en un restaurante, con motivo de su cumpleaños. Me quedé vigilando el portón. ¡Y vi a su padre, Alicita! Los dos pasaron tan cerquita de mí, que si hubiera estirado el brazo, habría podido tocarlos... El hijo tiene a quién salir. El padre es un hombre hermoso, con los cabellos grisáceos. Parece un artista de cine... ¡Fue estupendo! Él es el que cumple años, y yo quién recibió el regalo: verlos a los dos así tan de cerca...

9/10
Otra cosa: no tienes por qué preocuparte por ese repentino interés mío por la astrología, ni repetirme los sermones del padre Olinto allá en la capilla: yo sé que no es verdad, no estoy tomando en serio nada de eso, no creo que los astros determinen nuestra vida, no he dejado ni un poco de ser católica, sigo yendo a misa todos los domingos. Por lo tanto, hermanita, tranquilízate y no te afanes. Sólo dije que, ahora que sé que Bruno es de Virgo, me inte-

resé en saber algunas cosas de ese signo, para entender mejor al muchacho que amo. Pero es en broma, yo sé que nada está escrito en las estrellas. Afortunadamente, en el fondo, yo tenía la sensación de que mi destino de conocer a Bruno y enamorarme de él ya estaba trazado; por eso vine aquí de repente, a estudiar en este colegio. Pero creo que eso ocurre con todo amor, ¿no es cierto?

30/10

¡No puedes imaginar lo que me sucedió el sábado, Alicita! Hubo una reunión especial en el colegio, con representantes de todos los cursos, para organizar la fiesta de fin de año. Yo no era la representante de mi curso, sino Marisa, pero ella me invitó a que fuera, porque dijo que yo tengo más disponibilidad que los demás y podía ayudar en alguna cosa que se necesitara. ¡Y allí también estaba Bruno! ¡Es el representante de su curso! Cuando abrió la boca para hablar, se me secó la garganta, sentí calor en el rostro —sin duda me puse colorada— y las rodillas me temblaban tanto, que creí que todo el mundo me iba a oír. ¡Él tiene una voz tan linda! E hizo unas propuestas tan interesantes. Sugirió que realizáramos una *gincana*[3], y a todo el mundo le gustó la idea. Y como vamos a tener que reunirnos más veces para organizarla, ahora voy a poder encontrarme siempre con él y vamos a acabar hablándonos.

(¿Es posible? Después de todo ese tiempo, ella se encuentra con el tipo, en una reunión pequeña, y no es capaz de aprovechar para hablar con él...)

6/11
En la semana que viene, va a haber otra reunión del comité para la fiesta del año, y Marisa volvió a decirme que tengo que ir,

---

3 Competición motorizada, en que cuenta más la habilidad que la velocidad. (Nota del traductor).

que yo soy muy colaboradora, que es como si fuera una "asesora de la representante". Voy a estar de nuevo con Bruno. Esta vez, puede que hable con él. Paso el día entero pensando en eso, no consigo prestar atención a nada más. No duermo bien, imaginándome lo que voy a decirle, cómo me va a responder, y qué le voy a responder a mi vez. Después te cuento cómo me fue.

13/11

Hoy en la reunión, Bruno estaba aún más atractivo, con una vendita por encima de la ceja. No sé cómo se hirió. Me preocupé muchísimo cuando lo vi, pero no debe de haber sido nada grave. Al parecer, él no le daba la más mínima importancia. Habló mucho, distribuyó tareas, Marisa me propuso para que copiara a máquina el reglamento de la gincana, él me miró —¡ME MIRÓ!— y dijo que podía ser. Y entonces habló directamente CONMIGO. Me dijo que lo hiciera con cuidado, con los márgenes muy precisos, sin ningún error, porque "causa muy mala impresión" un papel todo lleno de borrones. Que se lo entregara con tiempo, que él iba a hacer una revisión, y, si había alguna cosa, él la enmendaría con líquido corrector. ¡Un amor! Un muchacho limpio, esmerado, meticuloso... Una rareza... Pero dicen que eso es una característica de los de Virgo... Bueno, yo no logré responder nada. Sólo hice que "sí" con la cabeza.

(No sé cómo fue que ella no dijo: " ¡Sí, señor patrón!")

20/11

No tuve valor para ir a la reunión. No lo soporté. Mecanografié el reglamento con el mayor esmero y lo mandé con Marisa. Pienso que si hubiese tenido un error y él lo hubiera señalado, yo hubiera estallado en llanto. Y si hubiese quedado tan perfecto que él lo hubiera elogiado, me habría desmayado de emoción. Sentí miedo de portarme de modo inconveniente, de "dar espectáculo", como dice Gabi, quien, por lo demás, me insistió en todas las formas en que yo fuera, terminamos discutiendo, y me dijo que me estaba portando como una "papanatas". Ella siempre dice cosas así de graciosas, pero esta vez fue demasiado lejos. Me dio rabia, peleamos. Por tanto, creí que lo más prudente era no asistir a la reunión. Después le pregunté a Marisa cómo había estado, y ella sólo dijo: "¡Todo estuvo bien!". Me armé de valor y le pregunté qué había opinado él, porque, en fin de cuentas, había sido él quien me había encargado el trabajo. Y ella me dijo que no había opinado nada. ¡Es el colmo! ¿Cuándo se había visto algo semejante? Sufro toda una semana pegada a la máquina, paso esa cosa a limpio unas quinientas veces, sale absolutamente perfecta, ¿y no merezco ni una palabrita de elogio o reconocimiento? Primero me puse furiosa. Pero después recordé que había leído en alguna parte que algunos de los de Virgo —muy raros —son un poco distraídos. Tal vez él forme parte de esa minoría.

4/12

Después de aquel episodio del reglamento mecanografiado, no tuve más valor para ir a las reuniones y le pedí a Marisa que me disculpara, pero ella tan sólo me respondió: "Está bien". Creo que para ella todo siempre está bien. Entonces le expliqué que era que necesitaba estudiar para los exámenes, e inventé que ni siquiera sabía si iba a poder quedarme para la fiesta, porque estaba con nostalgia de mi familia y loca por volver a casa tan pronto como acabaran los exámenes (lo que también es verdad). ¿Sabes que dijo? "Está bien". No insistió en que me quedara. Vas a ver que le gusta Bruno y que sintió celos. De modo que, también por ese motivo, resolví que no me quedo para la fiesta. El día 10 estaré regresando a casa.

Y claro que, por ese motivo, en pocos días tuvimos el segundo *round* de una gran pelea. Volví a decirle que era una completa papanatas y otras cosas que no escribo. Se mostró ofendidísima y me dijo que una chica no dice eso. Y no logré nada. No fue a la fiesta.

Después de las vacaciones, nuevo año escolar. Ha pasado más de un año y sigue escribiendo esas carticas, pero creo que a estas alturas no es necesario seguir escogiendo y copiando fragmentos. Es siempre la misma cosa. Se cruza con él en el patio y suspira. Un día ella va a la secretaría del colegio a buscar alguna cosa para un profesor, y él está allí esperando para hablar con alguien. Ella no tiene el valor de mirarlo. Otro día, ambos llegan retardados al mismo tiempo, cuando están cerrando el portón. Corren por la acera; él mira el reloj. Ella no pregunta la hora. No ocurre nada. Otra vez, es él quien pregunta algo sobre el autobús. Ella responde y listo. No lleva la conversación adelante. El año entero transcurrió de esa manera. La invitaban a una fiesta, ella sabía que él asistiría, no tenía el valor de ir. Pero continuaba hablando de la hermosura de él, de su futura vida de casados, de cómo iban a ser los hijos. Fui perdiendo la cabeza con esa telenovela sin fin. Cada vez más, yo procuraba hablar de otras cosas. A veces era un poco difícil, porque ella sólo quería hablar de Bruno. Pero yo soy muy variada (dispersa, se queja mi papá), me intereso por muchas cosas, siempre tenía otros asuntos en la cabeza y quería contárselos, porque sigo considerando a Dora una persona maravillosa y siempre quiero conversar con ella.

De modo que, cuando finalmente llegó aquel día en la playa en que vi a Bruno por primera vez, yo conocía toda la historia de él y toda la historia del enamoramiento de ella. Pero pienso que, en el fondo, yo ya no la tomaba en serio. No digo eso para disculparme, no. Porque yo no necesito que se me disculpe, no tuve culpa alguna, no hice nada impropio. Pero quiero explicarme con sinceridad.

CÓMO COMENZÓ TODO

Versión de Bruno

A pesar de ese título, todavía soy yo, Gabi, la que cuenta. Soy yo misma quien está contando todo. Pero es que, de repente, se me ocurrió una cosa. Ya conté mi versión y la de Dora de todo este embrollo. Cómo ocurrieron las cosas hasta aquel día en la playa. Y sucede que, en cierta forma, puedo proporcionar, una versión de Bruno. No tengo cartas de él, no es eso. Pero al día siguiente de aquél en la playa, él me dejó una cinta grabada para mí, dentro de un sobre, en la portería de mi edificio. Y vale la pena que la oigamos (me la sé de memoria...)

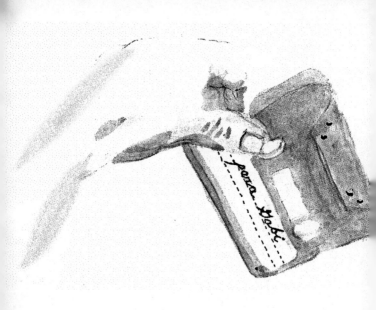

Oye, Gabi, soy Bruno. Disculpa la intromisión, pero tenía que hablar contigo de nuevo, y quiero tener la seguridad de que me vas a oír hasta el fin. Por eso hice esta grabación y la voy a dejar con el portero. En el teléfono, interrumpiste la conversación y colgaste. Después, nunca estabas... o mandabas decir que no estabas, sólo para no atenderme. No soy tonto. Primero me puse un poco furioso e iba a despreocuparme. Pero lo pensé mejor y creo que comprendí algunas cosas. Quiero que me digas si es verdad, si pensé acertadamente. Y entonces veremos...

Estoy un poco turbado, porque eso nunca me había sucedido, no sé cómo se hace, si es preciso, pero estoy haciendo una cosa que siento que debo hacer.

Y esa cosa es, al menos, hablar.

Entonces comienzo por el principio. Ayer no iba a ir a la playa, porque las olas no estaban buenas y el mar para mí es para hacer surf[4]. Y cuando voy a hacer surf, me despierto muy de mañana, corro a la ventana para ver el mar, como rápidamente alguna cosa en la cocina, agarro la plancha, bajo y voy a encontrarme con los amigos en el Pontón; no me quedo por aquí. Es decir, ayer fui a la playa en frente de tu casa sólo porque no tenía nada que hacer. No fui a nadar ni a caminar por la playa. Pero después estaba haciendo tanto calor, que cambié de idea. Entonces me fui andando sobre la arena, con los pies dentro del agua. Estaba haciendo un solazo endemoniado, y resolví darme una zambullida. Pero no quería dejar la camisa en cualquier parte, para que nadie se la fuera a llevar. Comencé a mirar, a ver si veía a alguien conocido o alguna familia de aspecto serio, para pedirle que me la cuidara. Entonces vi una chica del colegio, que conozco de vista, y empecé a aproximármele. Estoy seguro de que ella me vio, pero se levantó y salió corriendo hacia el

---

4 Practicar el surf, deporte que consiste en dejarse llevar por las olas, de pie sobre una plancha. (Nota del truductor).

agua. Tú estabas a su lado y te quedaste allí. Como yo ya me había acercado, te pedí el favor a ti. Me gustó la manera como dijiste que sí, y soltaste la risa de un modo malicioso, como si hubiese una historia que yo no sabía, un misterio, no sé. Me dieron deseos de saber. Entonces te di mi camisa para que la cuidaras, pero no me eché al agua. Me senté a charlar. Una supercharla, lo sabes tan bien como yo. A los dos minutos de estar conversando, parecía como si nos conociéramos desde hacía años. Estoy diciendo la verdad, protegido por esta grabadora, porque sé que así no te puedes reír en mi cara ni colgar el teléfono. Pero nunca en la vida había encontrado una persona con tantas afinidades, que se interesara por las mismas cosas, que detestara las mismas cosas. Incluso cuando no estuvimos de acuerdo —y, pensándolo bien, no estuvimos de acuerdo en muchas cosas—, fue de una manera agradable, oíste mi punto de vista y explicaste el tuyo. Más tarde, en mi casa, pensando en todo eso, caí en la cuenta de que era porque me hacías reír mucho. Eres muy divertida, ¿sabes? Tienes una manera graciosa de pensar en las cosas, y todavía más graciosa de decirlas... No recuerdo haber disfrutado nunca tanto de quedarme conversando así con alguien, de encontrar un programa tan divertido.

Entonces tu prima volvió del agua, me la pre-

sentaste, pero ya habías dicho tantas cosas de ella, tantos elogios, que era casi como si ya la conociera. Una persona maravillosa, me dijiste. Y en ese momento resolviste ir a zambullirte, te levantaste y nos dejaste solos. Pucha, yo no sabía qué hacer. Traté de conversar con ella, pero no había tema ¿sabes? Como una rueda trabada, que no giraba. Y yo te veía en el agua, abriéndote paso por entre las olas, nadando, y quería estar allí... ¡Y listo, fui! Entonces vi que estabas saliendo, te llamé, pensé que estabas huyendo de nuevo. Vi que si quería permanecer contigo, tenía que actuar con insistencia. Empecé también a salir del agua, pero al mirar hacia la arena vi una escena chocante: tu prima estaba con mi camisa en la cara, no sé si oliéndola, mordiéndola, o qué. Una locura. Quedé supercabreado. De ahí en adelante, aquello fue el horror. Yo no sabía qué decir, ella no hablaba, tú te pusiste a hablar naderías y, de repente, resolví marcharme. Te pedí tu teléfono, no me lo diste (tuve que averiguar, después el número con el portero...). Pregunté dónde vivías, quien me mostró el edificio fue ella, y entonces ella comenzó a hablar sin parar, en compensación de haber permanecido callada la mañana entera, me contó que me conocía de vista, cuántos años tenía, dónde vivía, que era de mi mismo colegio, que había venido del interior, que iba a ir de vacaciones a su casa mañana —es decir, hoy—, que piensa que la madre debe cuidar de los hijos en vez de trabajar fuera, que no va a hacer estudios universitarios, que sé yo cuántas cosas, no cerraba la boca, dijo una cantidad de cosas que ni pregunté ni quería saber.

Y después ustedes se fueron. Yo también. Me marché a mi casa, pero me quedé pensando. Vi que me había enterado de una cantidad de cosas acerca de tu prima, pero nada de ti.

No, no es verdad, sé muchas cosas excelentes de ti, las cosas que conversamos. Pero sólo sé tu nombre y el edificio donde vives. Y por la tarde resolví que no iba a dejar eso así. Hoy temprano fui a la playa, al mismo lugar, sólo para encontrarte, pero tú no fuiste. Entonces fui a tu edificio, acabé inventando un cuento para el portero, y él me dio el número de tu apartamento y el nombre de tu padre... ¡Listo, era posible conseguir el teléfono! Entonces yo llamo, tú contestas con excelente tono, es una buena sorpresa, te agrada, no es posible fingir... ¡Una vez más, una charla estupenda, sobrada! Pero no quieres verme, no quieres salir, dices que no te llame nunca más, que no insista. ¡Insisto y tú cuelgas! Eso es de muy mala educación, ¿sabías? Y tú no eres una persona maleducada, estoy seguro. ¿Qué pasa? ¿No quieres verme nunca? Puedes decir eso, pero tu voz me dice que es mentira, tu manera de mirarme me dice que es mentira. ¡Yo sé que es mentira! No estoy haciendo nada fuera de lugar, estoy sólo queriendo conocerte mejor, conversar más. Y, claro, tampoco te voy a mentir, creo que eres una chica preciosa, estoy enamorándome de ti, pero no quiero asustarte. Sólo que no encaja. Tú no pareces ser una persona que se asuste sin razón. Pero estás asustada con alguna cosa, y huyendo de mí.

(Pausa)

Bueno, ahora que ya te dije las cosas sobre las cuales estoy seguro, te voy a decir otras, sobre las cuales no lo estoy tanto. Si estuviéramos conversando de verdad, no sería así. Yo hablaría un poco, tú responderías. La charla iría avanzando poco a poco y las cosas se irían aclarando. Pero tú no quisiste que fuera así. Entonces tuve esta otra idea, la de la grabación, para que al menos me oyeras. Y voy a decirte ahora lo que pienso, aunque no estoy muy seguro. Si es verdad, me lo confirmas. Si no, me disculpas.

(Nueva pausa)

Creo que tu prima tiene algún problema y tú tienes vergüenza, por eso no quieres dejarme acercar. No te incomodes, yo te entiendo. Me acuerdo de ella en el colegio, ya me lo señalaron, dicen que es medio loca, todo el mundo se ríe de ella. Se queda en un rincón observándome, no responde cuan-

do le hablo, es medio rara. No tienes por qué avergonzarte, preciosa, no me voy a reír de ella. Para decirte la verdad, no me fijo en ella. Lo que quiero es enamorarte a ti. Llámame, ¿sí? Mi teléfono es...

(Piensas que te lo voy a permitir, ¿eh? Pues sí... / Gabi)

O si no, atiéndeme cuando te llame, porque voy a insistir.

Pues no. No llamé.

Pero, él insistió y yo lo atendí.

Y así fue como comenzó todo.

COMPLICACIONES A MONTONES

Parece que todo fue muy simple, ¿no? Pues te equivocas. Porque, desde que comenzó, se fue complicando cada vez más. Nos encontramos, conversamos, pero yo no podía actuar con espontaneidad. No podía decirle la verdad: "Mi prima está enamorada de ti". Era traicionar la confianza de ella. Pero tampoco podía dejar que él pensara que ella estaba loca. Entonces trataba de encontrar una fórmula equidistante, y no lo lograba. Él sabía que yo estaba mintiendo, pero no sabía por qué ni en cuanto a qué. Y me ponía furiosa conmigo misma. Y con ella.

Ni siquiera podía conversar con Dora, porque la tonta se había regresado para la hacienda. Pero yo no podía comenzar a tener amores con el hombre que a ella le gustaba (y era precisamente lo que yo estaba imaginando que iba a suceder) sin al menos conversar con ella. Sería algo así como una puñalada en la espalda. Sólo que a mí también me gustaba y sabía que no podía seguir huyéndole toda la vida. Ni debía. ¿Sólo porque ella pensaba insistentemente en él? ¿Sólo porque se había metido en la cabeza una pasión imaginaria? ¿Una cosa que nunca sucedió de verdad? Si hubiera tenido teléfono en la hacienda, habría sido posible incluso conversar con ella y explicarle... Pero no tenía.

La manera fue tratar de decirle la verdad por escrito. La carta más difícil que haya escrito en mi vida. Creo que incluso si algún día me convierto en escritora de verdad, nunca voy a escribir nada tan difícil. Quería ser completamente sincera con ella, mi mejor amiga, mi prima querida. Quería ser cariñosa, que no sufriera. Quería explicarle que había sucedido de repente, sin que yo hubiese hecho nada para que ocurriera, ella había visto, estaba presente. Quería conseguir decirle con habilidad que aquellos dos años ella había vivido un amor lindo en su cabeza, pero no en la realidad. Pero creo que no conseguí decirle nada de eso. Sólo pude contarle, con mucho tacto, lo que estaba ocurriendo, que me había encontrado nuevamente con Bruno y que estaba surgiendo la posibilidad de un romance, incluso sin yo querer. Me quedé esperando una respuesta, que tardó mucho. Y cuando llegó, ¡no lo vas a creer! Por eso copio el fragmento que interesa:

No sé por qué estás dándole tanta importancia a esa historia de Bruno. Es verdad que me parecía hermoso, pero nunca pasó de eso. Una simple niñería. Una distracción para pasar el tiempo en el colegio.

Por lo demás, hablando del colegio, te tengo una novedad. Conversé con mamá y papá y estuvieron de acuerdo: no voy a regresar allá a hacer la secundaria. Realmente no hay necesidad, pues no voy a hacer una carrera universitaria después. Quedándome aquí, puedo ayudar a mamá con mis hermanos menores. ¡Hay siempre tanto trabajo, dentro y fuera de la casa! Los mayores, como

Niltinho, ayudan a papá. En el campo hay tantas cosas que hacer, que ellos no alcanzan. Y Luís, amigo de Niltinho, viene siempre a darles una mano.

Dando una mano, acabó pidiendo la mano. Seis meses después, Luís y Dora se comprometieron. ¿Era posible? ¡Me sentí disgustada! ¡Un tipo que ni siquiera terminó sus estudios! Y ella es una niña... Es decir, mi tío Henrique dice que ellos tienen que esperar un tiempo, que no se van a casar ya, sólo de aquí a unos dos años, pero, de todas maneras, ¡me parece un absurdo! ¿Cómo es que dejan a una chica de quince años, con la vida entera por delante, amarrarse a un ignorante? Mamá dice que él no es ignorante, que sabe muchas otras cosas que no están en los libros y no se aprenden en el colegio, pero pienso que ella sólo está defendiendo al hermano. Está muy bien que el tipo quiera ser hacendado, pero podría estudiar veterinaria, agronomía, administración, cualquier cosa por el estilo... ¿Sólo porque su padre tiene tierras y ganado, no necesita estudiar? No estoy de acuerdo. Me parece una irresponsabilidad aventurarse así, arruinarse la vida de esa manera. Porque no puede resultar bien.

¿Será que nadie se da cuenta? Y aun tratándose de un padre tan estricto como el tío Henrique, creo que lo que él quiere es librarse de la hija. Y estoy segura de que ellos lo permiten sólo porque el tipo es amigo de Niltinho, que escandalosamente es el hijo preferido de esa familia. En fin, nada tengo que ver con eso. Y para mí hasta fue mejor, pues así ella dejaba a Bruno en paz. Pero es que aprecio a Dora y me preocupa saber que está comportándose una vez más, como una papanatas. Una chica inteligente, que podría progresar tanto en la vida... Y, lo que es peor, en el fondo, bien en el fondo, tengo un poco de remordimiento: nadie me quita de la cabeza que ella se lanzó a esa locura cuando vio que Bruno estaba enamorándose de mí. Pero yo no tengo la culpa.

Releí el enorme párrafo anterior y me quedé dudando. Tal vez debería haberlo escrito, entre paréntesis. Porque se trata de un comentario mío, que sólo puedo hacer ahora, más de año y medio después, cuando estoy escribiendo. En el momento en que recibí la carta de Dora, casi tres meses después de la mía, nada permitía suponer que se comprometerían en matrimonio. Y estoy escribiendo todo casi como si fuera en el momento en que estaba sucediendo. Tales tiempos tienden a complicarse cuando queremos contar una cosa en orden.

Por eso es bueno aclarar. Porque fue realmente el fin de un tiempo, una especie de fin de una etapa. Como cuando cae el telón en un teatro. Otro acto.

Recapitulemos: En seguida que comencé a salir con Bruno, le escribí a Dora. Ella tardó más de tres meses en responder; sólo me escribió cuando las clases ya iban a comenzar de nuevo y yo incluso ya sabía que ella no iba a volver al colegio, porque mi tía Carmem ya lo había dicho. Y ese silencio de Dora no fue sólo conmigo; fue con todo el mundo. Por eso ocurrió lo siguiente: ella le había contado a don Raimundo y todo el mundo que le gustaba Bruno, pero no le contó a nadie que eso ya era cosa del pasado y que había sido una "pura niñería".

Por eso tuve tantas complicaciones.

No tardó en surgir la primera, cuando mi papá oyó por primera vez a Tiago llamarme:

—¡Gabi! ¡Teléfono! ¡Es Bruno!

Me miró con tal cara, que en seguida vi que iba a haber lío. No me demoré en el teléfono, para no complicar las cosas. Pero después que colgué, cuando iba pasando directamente a mi cuarto, con la esperanza de que no reparara en mí, mi papá bajó el periódico y preguntó:

—Gabriela, ¿quién es Bruno?

Listo, me había llamado Gabriela, así que habría fuego graneado.

—Un chico que conocí en la playa. Practica *surf* con el grupo de Pontón. ¿Lo quieres conocer?

Traté de responder del modo más natural. Pero no lo engañé. Mi padre fue directo al grano:

—¿No es el novio de tu prima, eh?

—¡Claro que no! —respondí, sin mentir.

—Ah, porque como tiene el mismo nombre, hasta me llevé un susto. Podía ser la misma persona.

Ya no era posible seguir fingiendo. Ya dije que no me gustan las mentiras. Tanto más tratándose de algo tan hermoso como lo que estaba sucediendo conmigo y Bruno. Respiré profundo y aclaré:

—Es la misma persona, papá. Sólo que no es, ni nunca fue, novio de Dora.

—Pero tú sabes cómo se siente atraída por él. No deberías seguir conversando con él de esa manera. No es correcto. Esas son cosas muy delicadas.

—¡Eh, papá! ¡No seas anticuado! —exclamé.

Me marché a mi cuarto. Esa vez, quedaron las cosas así. Pero no por mucho tiempo. En fin de cuentas, Bruno me llamaba siempre. A cada momento recibía mensajes de él. La siguiente vez la discusión fue con mi madre:

—Gabi, ese chico, Bruno...

—¿Qué pasa con él?

—¿No es aquel de quien Dora vive hablando?

—Sí, ¿y qué?

—Tú sabes que no me gusta estar metiéndome a dar opiniones y que siempre respeto mucho tus decisiones...

Después de tal introducción, podía esperarse que vendría un "pero..."

—Pero sucede que no me parece apropiado.

—¿Cómo puede no parecerte apropiado? Ni siquiera lo conoces...

—Hija mía, no entendiste. No tengo nada contra Bruno. Tengo es contra la situación.

¡Ay, santa Periquita mía!, dame paciencia con estas monsergas...

—¿Qué situación, puedo saber?

—No te hagas la boba. Tú lo sabes perfectamente, tan bien como yo. Dora está enamorada de ese chico, desde hace bastante tiempo. Estuvieron por lo menos dos años en eso, que puede ser apenas un amorío de colegio pero que para ella es importante, y tan pronto como tu prima vuelve la espalda, tú...

—¿Amorío de colegio? —interrumpí—. Mamá, ellos nunca tuvieron ningunos amores. Él nunca habló con ella...

—Quien está exagerando eres tú. Por eso tu padre tiene motivos para estar preocupado. Tú no recuerdas —o resolviste no recordar, porque no quieres— la relación que hubo entre ellos, olvidas que bailaron juntos en la comparsa, que él escogió a tu prima para que mecanografiara aquel reglamento de la *gincana*, le explicó bien cómo quería que quedara, que fue para él que ella hizo un trabajo tan cuidadoso. Olvidas también que...

—¡Mamá, no es nada de eso! —interrumpí de nuevo—. Tú estás alterando todo. ¡Nada de eso es verdad!

Ella se molestó.

—Espero que no me estés llamando mentirosa, Gabriela...

Suspiré. Ella prosiguió.

—O insinuando que tu prima es una mentirosa. Todos oímos incansablemente esas historias y muchas otras más, durante meses seguidos. Todos sabemos la importancia que Bruno tiene para Dora. Inclusive tú, que debieras saberlo mejor que nadie.

—Exactamente, lo sé. Sé que, Dora sacaba de su cabeza unas cosas que él ni siquiera sabía...

—Hija mía, es más grave de lo que yo pensaba. Ese muchacho está cambiando tu modo de proceder y lanzándote contra tu propia prima. No es algo que hable muy en favor de él. Tu padre está queriendo tomar medidas enérgicas en cuanto a este asunto y yo, en cambio, sigo defendiéndote y poniendo paños de agua tibia... Pero no sé si debo continuar haciéndolo. Porque él tiene razón, Gabi. Ese chico no te conviene.

La conversación paró ahí porque el teléfono sonó y yo aproveche para escabullirme. Pero alcancé a oír el comienzo de lo que mi mamá decía:

—¡Aló, Carmem! Todo bien. No, no estoy enojada. Es sólo que me sorprendiste en medio de una conversación un poco difícil con Gabi. Imagínatelo, ¿conoces a Bruno? Sí... ese mismo, el Bruno de Dora...

Salí de la sala, dando un portazo. ¡El Bruno de Dora! ¡Sólo eso faltaba!

Después de eso, cabía imaginar la etapa siguiente. ¡Claro, la tía Carmem! La tía que admiro, con quien me encanta conversar... ¡Mi ídolo en persona! Un día que ella iba a cenar en mi casa, llegó con mucha anticipación, a una hora sospechosa, cuando sabía perfectamente que mis padres no habían llegado del trabajo. Estoy segura de que mamá le había pedido que conversara conmigo, sólo porque sabe que yo considero que mi tía Carmem es lo máximo. Bueno, al menos, cuando hizo mención del asunto, le pregunté y ella no negó:

—Lo que pasa, Gabi, es que tu mamá habló conmigo, y yo me ofrecí para tratar de aclarar las cosas. A veces es muy difícil abrirse completamente con la madre, incluso tratándose de una persona como Lola y cuando ustedes dos la han ido tan bien.

—¿Te ofreciste o ella te lo pidió?

—Fui yo quien quiso hablar, pero ella me dijo que de todos modos me lo iba a pedir... Está preocupada, quiere resolver eso antes de que tu papá intervenga en forma más seria.

—¿Y por qué todo el mundo tiene que meterse, puedo saber? —pregunté, irritada.

—Porque te queremos, queremos a Dora y no nos gustaría que se hicieran daño. Por eso.

—Yo tampoco quiero hacerle daño a Dora, ni hacerme daño a mí misma.

—¿Entonces por qué insistes?

—¿Insisto en qué?

—En continuar saliendo con Bruno, ¡claro está!

—Tía Carmem, ¿puedo explicar? Estoy saliendo con Bruno porque disfrutamos estar juntos. Y somos dos personas responsables, no estamos haciendo nada indebido.

—De acuerdo, lo entiendo, no estoy llamando a nadie irresponsable, fuiste tú quien utilizó la palabra. Pero... ¿Por qué será, Gabi? ¿Lo pensamos juntas? ¿No será porque, en el fondo, piensas precisamente que ustedes dos tienen alguna responsabilidad en lo que está sucediendo? Ustedes, en fin de cuentas, son responsables ante tu prima, tienen que responder ante ella por lo que están haciendo, y eso es lo que significa "responsable"...

Pucha, nunca había pensado que "respuesta" y "responsable" tuvieran algo que ver... Tía Carmem tiene siempre una manera diferente de mirar las cosas. Pero no caí en la tentación de dejarme llevar por las palabras; era arriesgado.

—Quien tiene que responder es ella... Yo ya le escribí, le conté, ella es la que no se ha manifestado.

—¿Por qué será? ¿No será porque es muy difícil para ella? ¿No será porque se está sintiendo despreciada, traicionada, rechazada y sufriendo... ? ¿Será que ese muchacho vale eso? ¿Vale la pérdida de una gran amistad? Ponte en el lugar de Dora, Gabi: ¿Te gustaría que eso te sucediera a ti? ¿Enamorarte de un muchacho, gastar un buen tiempo intentando una aproximación, confiar en alguien hasta el punto de contarle todos los secretos durante todo ese tiempo y cuando, finalmente, consigues encontrarte en la playa con él y conversar normalmente, iniciando una relación, presentarle el muchacho precisamente a ese alguien, a esa amiga y confidente .... y a la mañana siguiente, tan pronto como viajas, estar ella en amores con el muchacho? Francamente, Gabi, me decepcionas...

Los "tús" y el "ella" estaban un poco embrollados en las palabras de mi tía, pero lo que ella estaba pensando era clarísimo y me dejó indignada. Era la mayor de las injusticias conmigo.

—¡Nada de eso es así! ¡Es mentira! ¡Fui yo quien los presentó! —exclamé casi llorando—. ¡Todos ustedes están contra mí! Yo no hice nada de eso que estás diciendo... ¡Es menti-

ra! ¡Todos ustedes están mintiendo! ¡Eran mentiras de Dora!

—Gabi, no es posible que creas que voy a tragarme eso. Dora y Bruno son del mismo colegio, ya se habían hablado una cantidad de veces, tú lo viste por primera vez cuando él estaba en la playa con ella aquel día. Yo lo sé, ella llegó radiante a casa, contando, toda entusiasmada, hasta el punto de que casi le sugerí que aplazara su regreso a la hacienda, pero temí que después no encontrara pasaje. No sé que está pasando contigo, Gabi, me extraña tu comportamiento. Tú no eres así. Comienzo a entender mejor la preocupación de tus padres. Ese muchacho está ejerciendo una influencia muy negativa en ti. ¿Sabes una cosa? No voy a seguir forzando la memoria para repetir todos esos diálogos. Con estos fue posible mostrar el tono de la música... ¡Es suficiente!

Comenzó una etapa pesadísima. O pesadérrima. De verdadero plomo. Nadie me dejaba en paz. Todos los argumentos eran filosóficos y psicológicos, ¿sabes?, tipo "es una grave falla de carácter", y "no es un comportamiento ético". Cosas de ese género. A cada momento alguno de ellos me decía algo, me lanzaba una pulla. De repente, de la noche a la mañana, comencé a ser tratada como "la adolescente-problema", como una pesada cruz. La única persona que no me asediaba era Tiago, mi hermano, pero él es pequeño, no es posible confiarme a él. Me volví rebelde, respondona, malcriada. Además de irresponsable, traidora y todas las demás cosas que no decían abiertamente, pero que aquellas reconvenciones revelaban lo que ellos estaban pensando. Y lo peor es que, para no ser realmente traidora, para no traicionar la confianza de Dora, para no delatar el enamoramiento de mi prima por Bruno, no le contaba a él lo que estaba sucediendo. Iba a encontrarme con él de mal humor, irritada con mi familia, un poco tensa, recelosa. No quería que él me llamara cuando mis padres estaban en casa, para no tener nuevas peleas. Cada vez fue siendo más difícil.

Lo que me salvaba es que era maravilloso estar con él. Todo. Un encanto de persona. Agradable, perfumado, tibiecito, suave, cariñoso. Interesante e interesado en montones de cosas.

Aquello que escribí hace poco, cuando hablé de una etapa "pesadísima o pesadérrima", lo aprendí con él. Yo decía "superpesada". Entonces él me habló de un libro que estaba leyendo, por allá del siglo XIX, en que figura un tipo que sólo hablaba con superlativos. Y nos pusimos a bromear con eso. Él me llamó lindísima, lindisísima y lindérrima. Nos reímos mucho. Y hablar en broma con superlativos siguió siendo una de nuestras diversiones. Como José Dias, el personaje, hablaba en serio. Y Bruno me prestó el libro para que lo leyera.

Por eso fue que todo acabó cambiando. Para empeorar. Yo estaba en el sofá de la sala, concentrada en la lectura, cuando pasó papá y me preguntó qué estaba leyendo.

Respondí:

—*Dom Casmurro*, de Machado de Assis.

—¿Tarea de vacaciones?

—No, sólo para disfrutar. El lenguaje es un poco difícil, pero una se acostumbra. Me está encantando. Es mejor que cualquier telenovela.

Él quedó satisfechísimo. Se sentó cerca de mí y charlamos como hacía tiempo no sucedía. Habló de Capitu, dijo que era uno de sus personajes femeninos predilectos, un montón de cosas. Después comenzó a hablar del Río de Janeiro del tiempo de Machado de Assis, antes de los terraplenes, con paisajes diferentes. Mi papá es arquitecto y carioca, vivió en

Río hasta terminar estudios universitarios y sabe un montón de cosas sobre ciudades. Cosas muy interesantes. Interesantísimas, como diría José Dias.

Tan interesantes, que acabé teniendo una idea que me pareció óptima. Si *Dom Casmurro* era uno de los libros preferidos de mi papá, como yo estaba viendo, y si era un libro que le encantaba a Bruno, ¿por qué no los presentaba? Ellos iban a descubrir que tenían una cantidad de cosas en común, a hacerse amigos... Eso resolvía la situación.

Era una excelente idea. Ahora sólo quedaba planear el encuentro de modo que pareciera casual.

Y así fue como, algunos días después, cuando mi papá llegó del trabajo, yo estaba con Bruno frente al edificio en donde vivo. Habíamos dado una vuelta por la orilla de la playa, nos habíamos comido un helado y nos sentamos en un banco cerca de allí para ver cuando el automóvil de mi papá entrara en el garaje. Entonces nos dispusimos a entrar y nos aproximamos a la portería. Cuando estábamos despidiéndonos llegó a pie. Los iba a presentar, pero no conseguí desprenderme de Bruno: creo que la brisa del mar me había enredado el cabello, que quedó prendido en el botón de su camisa. Una escena ridícula y desastrosa. Desastrosísima. Catastrófica. Mi padre preguntó:

—Gabi, ¿qué es eso? ¿Qué está sucediendo?

Bruno intentó ser amable:

—Ah, ¿el señor es el padre de Gabi? Tanto gusto. Mi nombre es Bruno.

Yo tan sólo gritaba:

—¡Ay! ¡Ay!

Un poco por el cabello tirante, que me dolía, pero también por el desastre, porque mi papá se apresuró a preguntar:

—¿Cuál Bruno? ¿El Bruno de Dora? ¡Pero si será caradura!

Y antes de cualquier respuesta, se volvió hacia mí:

—¿No te dije que no quería que volvieras a encontrarte con ese muchacho? ¡Sube inmediatamente, Gabriela!

Y yo ahí, tratando de soltar el nudo de pelo enredado en el botón, tratando de aclarar las cosas, tratando de calmar a mi papá, de explicarle a Bruno... No logré nada. Conseguí soltarme de un tirón que arrancó el botón. Comencé a hablar:

—Papá, no es nada de eso...

—No discutas conmigo, Gabriela. Sube, ya te dije. Después hablamos.

Abrió la puerta del ascensor, oprimió el botón de nuestro piso y prácticamente me empujó para adentro. Y mientras yo comenzaba a subir, alcancé a oír su voz diciéndole a Bruno:

—En cuanto a usted, jovencito, es bueno que sepa, de una vez por todas, que...

No oí el resto, pero lo imaginé. Y después Bruno me contó. Pero ahorro los detalles. No interesa repetir todo, no viene al caso. Para abreviar la historia, sólo interesa saber que me quedó terminantemente prohibido encontrarme con Bruno, llamarlo, atender cualquier llamada telefónica suya, hablar con él, y todo cuanto mi papá consiguió imaginar. Fue aquel tipo de órdenes que no admiten mayores discusiones y que terminan así:

—¡Y nada sacas con protestar! Es por tu propio bien. Un día me lo vas a agradecer. Y que no se hable más de este asunto. ¡Ya hemos hablado suficiente! Y si llego a saber que me desobedeces, ¡no quiero estar en tu pellejo!

¿Qué podía yo hacer?

Me encerré en mi cuarto y no salí ni para cenar. Oí que Bruno me telefoneó varias veces, pero no me llamaron. Al día siguiente, Tiago me contó que papá le había prohibido. Y después acabó por darle una reprimenda también a él. Empapé la almohada en lágrimas y acabé durmiéndome, exhausta de tanto llorar.

INVENTANDO UNA MANERA

Al día siguiente, cuando desperté pensé quedarme de nuevo encerrada llorando. Pero estaba muriéndome de hambre. Y era necesario procurar actuar de una manera inteligente. Por ejemplo, aparentando que no le había dado mucha importancia a toda aquella escena. Mientras tanto pensaba en lo que iba a hacer en seguida y exploraba la situación.

Durante el desayuno, mis padres no hablaron del asunto. Al parecer, ellos mismos consideraron que había sido una exageración, o habían resuelto dar un compás de espera. Por lo menos, era un alivio. Pero también era posible sentir que había un ambiente engañoso. Que todo el mundo estaba disimulando. Prin-

cipalmente mi mamá, obstinada en poner paños de agua tibia en todo y no dejar prosperar el clima de disensión. Pero yo no estaba para sonrisas. Sólo conseguía permanecer tranquila, aunque ella se esforzara:

—¿Quieres mermelada, mi amor?

No respondí, pero Tiago estiró el brazo y puso tanta mermelada en el pan, que no tenía de dónde agarrarlo. Ella rió. Quien hubiese visto la escena hasta habría pensado que se trataba de una familia feliz. Desayunando y oyendo la radio.

Inmediatamente después de las noticias, sonó una canción en inglés, que ella canturreó:

—*No, no, they can't take that away from me...*

Mi papá comentó:

—Ese tema es realmente bello. El tiempo pasa y cada vez descubrimos algo nuevo en él.

Ya deberían haberse hastiado. Tienen unas tres grabaciones diferentes de esa canción; cuando se quedan oyendo *jazz*, siempre la ponen... Pero creo que esta vez era falta de tema. Y siguieron hablando, comentando las bellezas de la melodía, del arreglo, qué sé yo de qué más, en una cháchara interminable. Y yo, en lo mío. Tranquila. Sólo comiendo.

De repente caí en la cuenta. Era como si aquella canción fuera un mensaje para mí. Lo que estaba diciendo me concernía. No soy ninguna fiera en matemáticas ni en ciencias, pero la lengua es mi fuerte. Y mi inglés me permitía perfectamente entender lo que mamá estaba cantando: "No, no, ellos no pueden quitarme eso..."

¡No pueden realmente! ¡Listo, lo resolví! No sabía cómo, pero lo sabía.

Me sentí más animada.

Después del desayuno, papá salió y mamá fue a alistarse, porque ella sale más tarde para el trabajo. Pensé que iba a conversar, a aliviar la situación. Pero no. Fingió que no había pasado nada. Hice lo mismo. Y después que ella también salió, me concentré en pensar y analizar la situación.

Durante la noche, sólo había pensado en las cosas negativas. Ahora traté de descubrir las positivas. Fue difícil, pero acabé hallándolas. La primera: ahora las cosas estaban claras para mí y no iba a seguir haciendo el papel de boba: nada sacaba con tratar de explicar, porque todos ellos ya tenían una idea formada y no estaban dispuestos a oírme. La segunda (¡Y esa era excelente!): Bruno se había enterado de lo de Dora sin tener que contárselo yo; ahora sólo quedaba darle los detalles, y ya no iba a necesitar seguir ocultándole nada. La tercera: ¿Cuál sería realmente? No la encontré...

De todos modos, con esas dos, traté de organizarme mentalmente para una nueva etapa de mi vida. A mí me gustaba Bruno, yo le gustaba a él, no estábamos haciendo nada indebido. Eso nadie me lo iba a quitar. Por primera vez en mi vida, no era posible confiar enteramente en mis padres, contarles todo, tener todo su apoyo, todas aquellas cosas a las que siempre estuve acostumbrada. Pero eso no era motivo para llorar. Pienso que eso debe de ocurrirle a todo el mundo. Hay un momento en que crecemos y comenzamos a resolver las cosas solos. Estoy segura de que mi papá y mi mamá hacen un montón de cosas que no les cuentan a mis abuelos, o incluso cosas que a mis abuelos no les gusta y no aprueban. Hasta mi tía Carmem, por ejemplo, no fuma delante de mis abuelos hasta el día de hoy. Hay un momento en que tenemos que comenzar. Había llegado mi momento.

Era necesario tener cuidado. Papá me había anunciado que, si llegaba a saber que le había desobedecido, iba a suceder no sé qué... De modo que yo no podía dejar que él supiese. Ni nadie que pudiera contarle a él.

Telefoneé a Bruno y nos encontramos en la playa. Le conté todo. Lo de Dora, las discusiones en la casa, lo que había resuelto. Le expliqué que ahora sólo podíamos encontrarnos a escondidas, muchas veces en medio del grupo de amigos, para disimular. Que no podía volver a telefonearme, que tenía que esperar a que yo lo llamara a él. Que no podía acompañarme a casa ni esperarme en la portería. En un comienzo, se preocupó un poco. Dijo que eso de los amores a escondidas era ridículo. Y anticuado. Dijo que mi prima estaba realmente loca, que era bueno tener mucho cuidado porque mis padres podían complicar todavía más las cosas, que mi papá era muy impulsivo y autoritario, no sé, creo que Bruno había quedado realmente muy asustado con mi papá. Pero, en compensación, era tan bueno saber que ya no estábamos ocultándonos nada el uno al otro... Creo que fue la primera vez que los dos nos sentimos completamente a nuestras anchas, diciendo todo lo que nos viniera a la cabeza. ¡Y eso era excelente! ¡Maravillosérrimo! Finalmente, dijo:

—Muy bien, Gabi, el mayor problema es tuyo, al fin y al cabo es tu familia, tú eres la que vive con ellos, sabes por dónde va el agua al molino... Todo, lo que yo quiero, linda, es que continuemos viéndonos en las mejores circunstancias posibles... Después, lo sabes, con el tiempo las cosas cambian. ¿Quién sabe si de repente sea posible que contemos para ellos?

Con el tiempo las cosas realmente cambiaron. Nos inventamos una manera de amarnos a escondidas que duró todas la vacaciones. Pero cuando se reanudaron las clases y Dora no volvió, la tensión aflojó un poco. Le mostré a mi mamá la carta que recibí, en la que decía que lo de Bruno era "pura niñería". No hizo comentarios, tampoco yo. Pero quedé con más esperanzas. Un día comenté:

—¿Saben lo de Bruno?

Mi papá preguntó:

—¿El Bruno de Dora?

Mi mamá aclaró:

—El Bruno ex-de Dora... ¿Qué hay con él?

Conté, como quien no quiere la cosa:

—Estaba ayer en la fiesta de Bia. Es que él

juega baloncesto en el mismo club que el hermano de ella...

No hicieron ningún comentario. Proseguí:

—Y conversé un poco con él...

Sin comentarios. No insistí. Otro día dije alguna cosita por el estilo, muy de pasada. Poco a poco, fui dejando que ellos se dieran cuenta de que ahora Bruno estaba andando con el mismo grupo de amigos con quienes yo salía siempre. Pero no lo conté para ser sincera. Qué lindo que así fuera, ¿no? Pero no voy a mentirme a mí misma. Lo conté sólo por astucia, para, si algún día lo descubrían, poder defenderme. ¿Contar todo? Nunca más... Realmente no me comprendían...

Después, un día, se produjo la gran noticia del compromiso matrimonial de Dora. Quedé horrorizada, ya lo dije. Pero a ellos no les pareció extraño. O, si les pareció, no lo dijeron. Aproveché la oportunidad y planteé el tema:

—¿Vieron cómo ella no tenía amores con Bruno?

Mi papá me miró con una cara tan rara, que no quise insistir. Era mejor dejarlo para después. Seguíamos tan bien con Bruno... ¿Para qué cambiar? Y continuamos viéndonos a escondidas.

Ya hacía meses de eso, cuando ocurrió otro cambio. Varias veces habíamos conversado acerca del deseo de ir a estudiar fuera, de hacer intercambio, pero era tan difícil, tan costoso... Algo así como un sueño imposible, como ganarse la lotería.

Pero entonces el papá de Bruno resolvió recurrir a su familia en Italia y acabó consiguiendo poner en marcha un plan. Conversó en el colegio, llegaron a un acuerdo. Y quedó resuelto: Bruno terminaría el curso un poco antes que los demás, a fin de no atrasarse mucho respecto al año lectivo europeo, que comienza en septiembre. E iba a viajar directamente a Roma, donde se hospedaría en casa

de un tío, quien lo matricularía en una escuela de allí. Es decir, en vez de hacer en seguida el curso preparatorio para ingresar a la universidad, aplazaba un año, que haría después. Pero aprendería italiano, residiría en Roma, pasaría unos meses teniendo nuevas experiencias. Y realizaría el sueño maravilloso de viajar al exterior.

Solo.

Y yo me quedaría aquí, del otro lado del mar, muriendo de saudade, esperando al cartero todos los días.

Sola.

CON UN OCÉANO DE POR MEDIO

En los meses que siguieron, ocurrió de todo. Principalmente, un montón de cartas. Más mías que de él, pero eso es natural, a mí me encanta escribir, no es ninguna primicia. Bruno lee tanto como yo —y esa es una de las cosas que me gustan de él, siempre tiene mil temas diferentes e interesantes, no como ciertos tipos que conozco que parece que sólo tienen botones de *replay* y pausa—, pero para escribir es un poco perezoso. En compensación, cuando escribe, ¡ah, qué delicia!, es como si estuviera hablando. Sus cartas me producían la mayor nostalgia, con ese estilo divertido suyo; sólo faltaba oír su voz.

Pero, además, en mi cumpleaños, fue posible oírla, porque él llamó. ¡Fue lo máximo! ¿Te imaginas? ¿Recibir una llamada telefónica de Italia? Me sentí importantísima.

Cuando mi mamá me llamó, diciendo que era él, casi perdí el habla. ¡Fue la mayor sorpresa! Incluso con toda la familia a mi alrededor poniendo atención, y yo sin poder hablar a mis anchas, fue excelente.

Cuando colgué, mi papá empezó a preguntarme:

—Gabi, ¿ese Bruno es el Bruno...?

—¡Ex-de Dora! —confirmé rápidamente.

—¿De Italia? ¿No fue eso lo que tu mamá dijo?

—Oh, él está estudiando allá, hace un buen tiempo, ¿no lo sabías? —ayudó mi mamá—. Pensé que te lo había contado...

Él sólo la miró, pero no dijo nada.

—Llamó para felicitarme —dije, aclarando lo obvio—. Está en Roma, en casa de un tío. Se va a quedar todavía un buen tiempo.

—¿En Roma? —repitió mi mamá—. Pensé que era en Florencia...

—En Roma —reiteré automáticamente, mientras unas luces rojas se encendían dentro de mi cabeza, en señal de alarma, para indicarme que algo estaba mal.

—¿Cuándo vuelve? —preguntó mi papá.

Yo ya iba a alargar el plazo y responder con un vago "por allá a finales de año", cuando ella respondió:

—Naturalmente, sólo en junio o julio, cuando comenzarán las vacaciones escolares allá.

Disimulé, pero me quedé pensando. Había resuelto aprovechar que mi mamá vive ocultándole a mi papá todo lo que pueda causar su enojo o su protesta, y estaba viendo si poco a poco lograba convertirla en mi aliada. Por eso me hallaba en un proceso de ir contándole cosas de vez en cuando... Pero informaciones controladas, para probar. Le había contado del viaje de Bruno y le había hablado de su familia en Roma. Sólo eso. No le dije que habíamos seguido saliendo después que papá me prohibió, ni que continuábamos teniendo amores (si es que podían llamarse amores eso que manteníamos desde lejos). Pero él había pasado casi un mes, en la temporada navideña, con unos primos en Florencia, y eso no se lo conté, ni le dije que había regresado a Roma la semana pasada. Tampoco le dije nada de la fecha de su regreso al Brasil. ¿Cómo lo había sabido? ¿Sólo por deducción, "naturalmente"? ¿Qué más sabía? ¿Y por qué lo dejó escapar? Por lo visto, para ayudarme a hablar del asunto con mi papá. Pero se puso nerviosa y habló más de la cuenta. ¿Cómo podía saberlo? ¿Por algún encuentro o alguna conversación de mi tía Carmem con la madre de Bruno? En ese caso, ¿por qué no me lo dijo? Difícil... Poco probable...

Cuando me quedé a solas con ella, le pregunté con habilidad y disimulo si las dos se habían encontrado. Ella respondió con una afirmación tan rápidamente, y tan sin mirarme a los ojos, que, cuanto más ella decía que así había sido, más sabía yo que no era cierto.

Pensé y pensé y llegué a la conclusión de que era por el matasellos en los sobres de las cartas. Sólo que yo había acordado con el portero que nunca le entregara ni le mostrara esas cartas a nadie que no fuera yo, porque no quería que nadie supiera que Bruno me escribía, para evitar problemas. Generalmente yo llegaba del colegio a una hora en que no había nadie en casa, y quien recibía la correspondencia era yo. Sin embargo, ella se estaba enterando. ¿Sería que alguna vez había pasado por la portería y había visto alguna carta? ¿Sólo una? ¿O más de una? ¿Sería que sabía que él me escribía constantemente? (Incluso escribiéndome menos que yo a él, era constantemente.) ¿Pero cómo? En ese caso, ya debía de haber sospechado alguna cosa, pero no habló abiertamente, la disimulada... Y me estaba mintiendo... No iba a tragarse más aquel cuento de que teníamos apenas una simple amistad. Era necesario tener cuidado.

¿O, entonces, sería...? ¡Imposible! ¡Me resistía a creerlo! ¡Mi mamá no haría una cosa así! ¡Se necesitaba ser muy falsa! ¿Pero sería que ella estaba leyendo mis cartas, que yo guardaba muy bien escondidas en el fondo de la gaveta?

Estuve unos dos días rumiando esa suposición, no la podía admitir. Mas yo tenía que saber, tenía. Acabé planeando una trampa. Yo dejaba todas las cartas bien debajo de mi ropa de abrigo, en la gaveta de la ropa de invierno, en la que raramente alguien metía las manos, porque, entre otras cosas, no se necesitaba meter allí ropa lavada. Y los sobres estaban atados con una cintica rosada. Entonces hice una cosa. Arranqué uno de mis cabellos, que son muy claros y casi no es posible percibir, y lo enrollé en torno a los sobres, de un modo especial. Si alguien los movía, el cabello cambiaba de posición y yo lo sabría.

Al hacer eso me sentía mal, pésimamente, haciendo cosas a las escondidas y preparando una trampa para que cayera en ella mi propia madre. Pero, ¿y ella? ¿No estaba también traicionándome? ¿Espiándome? ¿Mintiendo? ¿Invadiendo mi vida íntima? ¿Leyendo cartas que eran mías y muy mías, sólo mías y de nadie más? Las cosas lindas que Bruno escribía eran sólo para mí, como si fueran un secreto en mi oído. Nadie más tenía por qué saberlo. Y los problemas que estábamos teniendo —que no eran pocos, ya hablaré de ellos— también eran sólo nuestros, a nadie más le incumbían. Ni siquiera a mi madre. A no ser que yo quisiera contárselos. Pero nunca, nunquísima, nunquérrima tenía ella el derecho de ir a fisgonear en las cartas que yo recibía.

Y eso era precisamente lo que ella estaba haciendo, sin ninguna duda. Tuve la certeza, días después, cuando fui a mirar en la gaveta y vi que hasta la lazada era distinta, cuidadosamente hecha, no torcida, como la mía, que siempre queda un poco delgada y con una punta más larga que la otra. No era preciso que tuviera sus huellas digitales para saber que eran de ella.

Me puse furiosa. Furiosísima, furiosisísima, furiosérrima, furiosélima, superfuriosa, con todos los superlativos que ni siquiera José Dias hubiera logrado inventar. Sentí deseos de ponerme a gritar, de lanzar cosas por toda la casa. Pero me serené. Y me quedé pensando, hasta la hora en que ella regresó del trabajo. A esa hora, yo ya había tomado una resolución. Primero le daría la oportunidad de explicarse. Después le diría que no admitiría más eso y que no quería que lo hiciera nunca más. Y entonces vería qué resultado daba.

Pensándolo bien, todo eso era una locura, todo eso resultaba al revés. Yo, que soy la hija. Eso de reprender, de oír explicaciones y exigir que no lo hiciera más, todo ese ritual, debía ser al contrario. Era la madre quien debía reclamarle a la hija por estar haciendo algo a escondidas. Pero quien reclamó fui yo.

Fue muy, muy ruin. Creo que fue la mayor decepción de mi vida. Creo que sólo me sentí así cuando era niña y descubrí que papá Noel no existe... Y aun así, fue muy diferente. Aquella vez, todo el mundo me consoló. Y ahora tenía que enfrentar la situación yo sola. Porque lo realmente duro fue descubrir que mi madre estaba mintiendo. Y si ella miente, ¿con quién puedo contar?

Cuando hablé con ella, la hipócrita comenzó negando. No sabía de ninguna carta, no había esculcado nunca en mi gaveta, no tenía la menor idea de lo que yo estaba hablando. ¿Me estaba sintiendo bien? ¿No tenía fiebre?

Cuando insistí, ella se enojó. No admitía que yo hiciera esas insinuaciones. Ni que me dirigiera a ella en esos términos. Ni que yo...

—Mamá —interrumpí—, nada sacas con negar. Tengo pruebas.

—¿Pruebas? —repitió—. ¿De qué estás hablando?

Tuve que explicarle toda la afrenta de la trampa, de la lazada, del cabello. Entonces ella cambió de actitud.

—Está bien, nada saco con negar. Realmente ya lo sabes. Pero yo tenía que hacer eso, por tu propio bien.

—¿Por mi bien? ¿No crees que es mejor dejar que yo misma me defienda?

—Gabi, soy tu madre. Y tú eres aún muy niña, el mundo es mucho más complicado de lo que imaginas.

A estas alturas, yo lloraba, ella estaba casi llorando. Una escena ridícula.

—Exactamente, es lo que estoy viendo. Complicadérrimo. Hasta la madre le miente a la hija, la espía y todavía niega. Qué cosa más fea, doña Patricia... No tenías ese derecho, ¿sabes? ¿O crees que los tienes todos? ¿Que la única persona que no tiene derechos en esta casa soy yo? ¿Qué otras cosas más haces? ¿Te quedas oyendo mis conversaciones en la extensión del teléfono? ¿Interrogas a mis amigas? ¿Contratas un detective para que me siga? ¿O encargas al mismo Tiago para que me vigile?

—Gabi, no exageres... Un día vi un sobre en la mesa del portero y sospeché. Te insinué algo al respecto muy por encima, y tú negaste. Percibí que mi hija estaba llevando una vida oculta, que yo no sabía nada, y que tú estabas decidida a no decirme. Yo tenía que saber, querida. Para protegerte. El mundo hoy en día está tan lleno de peligros, de drogas, de violencia... Me sentía un poco preocupada por mi hija, sin saber qué hacer. Un día serás madre y comprenderás lo que te estoy diciendo. Pero es cierto, tienes toda la razón, yo no debí haber hecho eso, no tenía ese derecho.

—Sí... Una historia muy bonita y conmovedora, llena de amor materno. Pero no me convence, ¿oíste? Porque si leíste unas cartas, tuviste que ver en seguida que no había nada de drogas y violencia en ellas, que no estábamos traficando en nada ni planeando ningún asesinato. Sin embargo, no te aguantaste y continuaste leyendo, ¿no? Fisgoneando... Se convirtieron en tu novelita particular, de vez en cuando un capítulo nuevo.

—No digas una cosa así, Gabi... Yo fui viendo que no había nada irregular. Y tú ya me habías contado algunas cosas. Además, toda aquella situación con Dora, ya quedó más que superada... Pensé que, si sabía más cosas de la relación entre ustedes dos, podría influir hasta cierto punto en tu padre, ayudar a que cambie su actitud... Quise ponerme de tu lado, ser tu amiga.

—Pero sin encarar las cosas de frente, ¿no es así? Sin hablar abiertamente conmigo, sin sentarse a dialogar francamente con él y decirle: "Mira, Rodolfo, esa mala voluntad tuya con Bruno no tiene el menor sentido...". Eso sí que sería ayudar. Pero eso sí no tienes el valor de hacerlo.

Entonces comenzó a llorar.

—Realmente no lo tengo, pero una vez más tienes razón.

Fingí que no veía correr las lágrimas. Insistí:

—¿Y por qué no lo tienes? ¿Crees que te va a pegar? ¿Entonces él te pega y yo no lo sé? Vivo con ustedes hace dieciséis años y nunca vi que te diera una paliza... ¿Tienes miedo de qué?

Ella lloraba, sin decir nada. Proseguí:

—No tienes valor de enfrentarte a él porque eres una débil de carácter, dejas que él te mande sólo porque es hombre.

—Gabi, las cosas no son tan simples... Rodolfo es mi marido, lo quiero, deseo que vivamos en armonía, no es necesario actuar con intransigencia, es sabio ir cediendo aquí y allí... Para vivir en paz.

Yo estaba realmente muy enojada y peleaba con dureza:

—Bonita paz esa, ¿no? Paz que necesita de la mentira, del espionaje, de la cobardía... Paz que no admite que la hija tenga alguna libertad, que escoja sus propios amigos, que se enamore de quien quiera. ¿Vale la pena?

Creo que yo estaba exagerando, que era excesivo para ella. Porque ahí cambió el disco, ¿sabes? Vino aquella confesión de soy-una-madre-fracasada-no-sé-en-qué-me-equivoqué:

—Puedo estar haciendo todo de manera equivocada, pero puedo garantizar que es con la mejor intención. Sigo queriendo protegerte, evitar peleas en casa, agradar a todo el mundo... Y no lo logro, es muy difícil, ¿sabes?

—¿Difícil? ¿Pero acaso no lo sabes todo? ¿No sabes siempre qué es lo mejor para todo el mundo, no tienes opiniones sobre todas las cosas?... ¿O eres una pobrecilla que está extraviada en este mundo hostil con un marido mandón y una hija malcriada y que no sabe qué hacer?

Se quedó algunos minutos en silencio, dejó de llorar y después habló con más calma:

—No estoy muy de acuerdo con eso de marido mandón, aunque tal vez lo sea un poco. Pero reconozco que esa historia de la hija malcriada es otra cosa en la que tienes razón. Sólo que no soy una pobrecilla. Tal vez sea débil de carácter, a veces con miedo de pelear, miedo de que se vuelvan contra mí, de que me dejen sola, no sé. Pero la debilidad de carácter no es un crimen. Esas cosas no son simples, ya te dije. Las personas no son simples. Y si tú estás consiguiendo ver algunas cosas de un modo tan adulto, defendiendo tu intimidad, luchando por tu libertad, todo eso, también podías tratar de ser un poco más adulta y analizar la situación con menos rabia... Yo acabé metiendo la pata, no tuve razón, ya lo reconocí y me disculpé. Pero...

—... La intención era buena, ya lo sé. Ya lo dijiste y los estás repitiendo... —interrumpí.

—No era eso lo que iba a decir ahora. Iba sólo a recordar que vivo sujeta a muchas presiones, y termino hecha un embrollo. El patrono me presiona en el trabajo, los compañeros de labores, tu papá, tú, tu hermano, mis padres... Tengo que cuidar de la casa, planificar las cosas, organizar las compras en el supermercado... Hay momentos en que me siento como una lombriz en el gallinero, cada uno tira de un lado e incluso hay otros que se quedan dando picotazos en medio...

Aproveché la pausa para interrumpir. Ya también había visto esa película, oído ese disco. La charla-discurso. Si la dejaba, demoraría horas.

—Está bien, mamá. No quise ser malcriada. Sólo quise defenderme. En el fondo, la intención era buena, y era incluso la misma tuya: protegerme...

Me miró de reojo, ante esa pequeña ironía que no resistí decirle. Pasé por alto la mirada y terminé la conversación:

—Listo, no vamos a discutir más. Disculpa cualquier cosa. Caso cerrado.

Me levanté, le di un beso y salí hacia mi cuarto.

Pero no quedé feliz. Mi confianza en ella se había debilitado, por muchas que fuesen las explicaciones. Una cosa de esas deja consecuencias.

La primera es que cambié la dirección del remitente. No quería recibir más cartas de Bruno en mi casa. Pasé por el correo, traté de alquilar un apartado postal, pero la mujer que me atendió acabó agotando mi paciencia. Dijo que tenía que presentar el documento de identidad o la autorización de los responsables, porque soy menor. De modo que desistí y le pedí el favor a Bia, preguntándole si Bruno podía escribirme a la casa de ella. Acordamos que él pondría en el sobre el nombre de ella, y después las letras PG (que nosotros sabíamos que significaban "Para Gabi", pero que nadie más iba a entender). ¡Listo, resuelto! Cuánto daría para que todos nuestros problemas pudieran resolverse así...

Porque la segunda consecuencia, obvia, es que tenía que encarar de frente que estaba teniendo un problema serio con mis padres. Grave. Por primera vez en la vida. Con mi madre fue fácil de ver, estalló con esa discusión. Pero también con mi padre tenía que encararlo. No era posible negar que desde hacía bastante tiempo yo andaba ocultándole una de las cosas más importantes de mi vida. Y eso no me hacía feliz, claro está. Yo quería que las cosas pudieran ser muy sinceras, verdaderas. Pero también quería que no siguieran prohibiéndome todo, incluso sin ninguna razón. Ese era un problema que yo tenía que mirar de frente.

Y había aún otro problema: con Bruno. No habíamos peleado, no era eso. Pero tener amores a distancia y por carta tiene que ser realmente casi imposible. Todo cambia mucho, se torna muy diferente. El tiempo va pasando y nadie es de hierro. Durante las vacaciones vivía llena de nostalgia, me acordaba del verano pasado, cuando estábamos comenzando, contra todo y contra todos, enfrentando la más grande oposición y teniendo que vernos a escondidas. Pudo haber sido difícil, pero fue tan bueno, tan agradable.. Estábamos cerca. Ahora la distancia era muy dura. Me moría de saudade.

Continuábamos escribiéndonos, pero a veces las cartas parecían tan sólo de dos amigos. Y a veces quedaba molesta, con celos.

Estoy segura de que estuvo saliendo con otras chicas. Más de una vez habló de una compañera de colegio, una tal Franca, que le ayudó mucho en el comienzo de su adaptación. Le iba a preguntar si no había habido nada más en esa relación, pero antes que yo tocara el tema llegó una bonita carta de él en la que me contó que, ciertamente, había habido una aventura entre los dos, pero que ya había pasado, que había sido porque él se sentía muy solo, en el extranjero, y se había presentado la ocasión... Pero que me seguía queriendo y estaba seguro de que yo iba a entender, porque yo era una persona inteligente, comprensiva, divertida, y él no quería mentirme... Que era algo que podía sucederle a cualquiera. Que, si me sucedía a mí, él comprendería. Que cuando queremos mucho a alguien, no deseamos convertirnos en una prisión para esa persona, y él no quería ser mi prisión... Que estaba seguro de que yo tampoco quería ser la de él... Bueno, yo no estaba tan segura, pero consideraba que él tenía razón. Y no era posible quedar muy molesta, después de tanta sinceridad.

Pero no puedo decir que me gustara. Y debe de haber sido algo un poco fuerte para Bruno, porque a partir de ahí quien quedó con celos fue él; creo que a todas horas imaginaba que yo iba a hacer lo mismo. Y bien que me dieron deseos de ver si era tan comprensivo como decía, o si eran sólo palabras.

Después, cuando fue a pasar el mencionado mes en Florencia, le tocó el turno a la prima, lindísima, "de piel clara, cabellos negros y ojos enormes", como él mismo lo describió la primera vez, todo entusiasmado por haber descubierto que tenía una prima que hasta se parecía a Blancanieves. Una tal Mirella,

así mismo, con ll. Ahí sí fue peor. Porque él nunca confesó, pero yo estoy segura. Durante un mes no se separaron y hasta fueron con un grupo a hacer deportes de invierno y se alojaron en una cabaña en la montaña, ¿Te imaginas? ¿Un tipo guapo como Bruno? ¿Que no es enano ni nada por el estilo, que hasta parece un príncipe, con una Blancanieves en una cabañita? Claro que ocurrió, y él no quiso contar... Siguió mandando montones de postales, a todas horas acordándose de mí, y nunca tenía tiempo de escribir una carta de verdad... No lograba engañarme... Pero fingí que no sabía... Sólo que me dio rabia y comencé a salir también mucho, a poner mucho empeño en disfrutar de mi libertad. Empecé a ir más a fiestas, aproveché las vacaciones y que tenía nuevos amigos que había conocido en la playa, hice un montón de programas divertidos. Paseamos en barco, organizamos una hinchada para el campeonato de voleibol de playa, fuimos a ver unos *shows* al aire libre, buenísimos. Hasta surgió la posibilidad de un romance con Eduardo, un muchacho a quien le encanta bailar, como a mí. Salimos unas cuantas veces, él fue una compañía agradable, un buen consuelo. Pero no llegamos a nada, las cosas no avanzaron.

De cualquier modo, todo eso daba tema para pensar mucho. Y cuanto más pensaba, más descubría que lo que yo más quería eran dos cosas: libertad y sinceridad. Es decir, no quería que siguieran mandando en mí, controlándome sin cesar. Pero tampoco quería tener que seguir mintiendo para poder hacer lo que deseaba. Y me sentía metida en un callejón sin salida. Al fin y al cabo, yo dependo de mis padres, ellos son quienes pagan todos mis gastos. De modo que siguen creyéndose con el derecho (o tienen realmente ese derecho, no sé...) de resolver todo en mi vida. Y yo, para no darme por vencida, para no convertirme en una papanatas en manos de ellos, empecé a hacer las cosas a escondidas.

Voy a tener que encontrarle una salida a eso, fue mi resolución siguiente. Sólo que no sabía cómo.

Pero aun sin resolver exactamente lo que iba a hacer, fui conduciendo el barco hacia adelante. Y tuve suerte...

Cuando terminaron las vacaciones, *miss* Mary, profesora de inglés, me preguntó si no quería dar unas clases particulares a una chica de sexto grado, que venía de otro colegio y estaba muy floja en sus conocimientos de inglés. Acepté, le gustó, a su mamá también, y acabó recomendándome para que les diera clases a dos primos suyos, pequeños; unas clasecitas estupendas, sólo de jugar, cantar, recortar figuras, todas esas cosas. Después fue una vecina suya, que trajo, a su vez, a una amiga. Y un compañero de Tiago se unió al grupo de los pequeños. El resultado es que seguí con seis alumnos particulares, encantada y ganando un dinerillo. No era mucho, pero era mío, conquistado con mi esfuerzo. Comenzaba a creer que estaba en camino de poder realmente convertirme un día en una persona independiente... Y hacer sólo lo que yo quisiera. NO era imposible. Y era posible que ese día no estuviera tan lejano. Con la plata, iba a poder comprar una ropa nueva como yo quería (y no según el gusto de mi mamá). Una ropa linda para ir a la fiesta del hermano de Bia.

Iba a ser una fiesta superespecial. Porque, tres días antes, ¡oh maravilla!, Bruno llegaba de Italia. No es necesario decir que yo estaba muy, muy feliz.

CADENAS Y CADENITAS

Cuando Bruno volvió, fue una fiesta. Habíamos acordado que yo estaría en casa de Bia esperando a que él telefoneara cuando llegara a su casa, y me fui para allí tempranito, llena de ansiedad. No tardó en llamar y venir a verme. No voy a seguir contando los detalles de nuestro encuentro, por una cantidad de motivos. El primero es que, a decir verdad, eso no le incumbe a nadie. A estas alturas ya es posible saber que no me gusta que nadie se entrometa en mi vida. El segundo es que eso no es importante para la historia que estoy contando... Y si aún estás pensando que esta es una historia de amor, como hay miles por ahí, estás muy equivocado. Puedes esperar sentado y tratando de pensar mejor para ver si descubres el verdadero tema. Mientras tú piensas, nosotros nos amamos un poquito.

Yo no pensaba que Bruno pudiera volverse más atractivo, pero se volvió. Parecía más maduro, y no sólo porque hubiese crecido, no. Tenía los hombros más anchos, el cabello cortado de una manera diferente, hasta el modo de vestir era otro... Por lo menos, las ropas lo eran. Y como su piel ya no tenía el bronceado de playa que siempre le conocí, parecía que tuviera el cabello más oscuro, el lunar por encima del labio se destacaba aún más, los ojos parecían más grandes. Y había algo diferente en todo su aspecto, algo que no sé explicar. Creo que estaba más adulto.

También él me encontró diferente.

—¡Pucha, preciosa, estás sobradísima!

Fue muy bueno. Después, me dio un regalo que me había traído, un estuche muy pequeñito, bien empacado en un papel brillante, con lazo de cinta blanca. Era una cadenita muy fina, con un adornito colgado. Estoy llena de diminutivos, hasta parece nuestra broma con los superlativos de José Dias, pero todo era tan delicado que no era posible usar las palabras normales.

—Esto es un camafeo —me explicó—. Visité la fábrica en donde los hacían, y quedé impresionado con la manera como los trabajan. Está hecho con concha, ¿sabes?

—¿De concha? ¡No es posible!

No conseguía creerlo. ¿Aquella cosa tan delicada? Era el perfil de una diosa o de una dama antigua, con el cabello peinado hacia arriba, y unos hilillos de pelo sueltos, una flor en la cabeza, todo muy pequeñito, grabado con la mayor perfección, en un material blanco o, por lo menos, muy claro, sobre un fondo de color de coral. Formaba una especie de medallón o cuadrito ovalado, con moldurita dorada. ¿Cómo es que podía ser de concha?

—Pues sí, Gabi. Un pedazo de concha que ellos van raspando, cortando y esculpiendo, y van apareciendo las capas de colores diferentes; el coral es el más profundo; ese crema claro está en el medio; la flor está en lo más alto; si miras bien, notarás que ella es más clara.

—¡Es hermoso!

—Pensé que concordaba contigo...

—¿Por qué? ¿Acaso me ves cara de gente antigua?

Rió, con esa agradable risa de Bruno, de la que yo tenía tanta nostalgia.

—Nada de eso. Es que es hermoso, pienso, como tú. Nació de una concha. Igualitico a una pintura de Venus naciendo de las olas que vi en un museo de Florencia...

—Tú enviaste una postal...

—¿La envié? No me acordaba...

¿Cómo era que olvidaba una cosa así?

Una postal en la que él mismo decía que Venus era la diosa del amor, que nos habíamos conocido en la playa, y una cantidad de cosas bonitas. De Florencia. Donde él estuvo con Mirella...

Pero yo no iba a dejar que eso arruinara nuestro encuentro. Fingí que no me había dado cuenta. Y él estaba anunciando más cosas:

—¿Tú crees que puedas?

—¿Pueda qué?

—Venir a encontrarte conmigo esta noche.

—Voy a buscar la manera.

—Es porque ahora tengo que volver, no me puedo demorar, hoy en la casa nadie fue a trabajar, mis padres están preparando un almuerzo de familia para mí, viene cuanto pariente tengo para que les cuente los pormenores del viaje... Sólo me fue posible una salidita rápida. Pero de noche podríamos encontrarnos, pasear por la orilla de la playa, sentarnos en un barcito...

—Comer helado... ¿Estás añorando el helado, Bruno?

—No mucho. Estoy añorándote a ti. El helado de Italia es maravilloso, mejor que el de aquí. ¿Sabes? Fueron los romanos quienes inventaron el helado. Antiguamente, mandaban traer nieve de las montañas y la mezclaban con jugo de frutas. Traían una cantidad enorme y se iba derritiendo por el camino; sólo quedaba un poquito. Era valiosísimo...

—Valiosisísimo, valiosérrimo... —completé.

Él me abrazó, recordando:

—Qué bueno oír de nuevo esa diversión nuestra, Gabi. Tenía una gran nostalgia...

Pausa. Después continuó:

—Pero no vamos a comer helado. Tengo otra sorpresita.

—¿Qué es?

—Una sorpresa no se cuenta. Si quieres saber, tienes que adivinar.

No me fue posible adivinar. Por la noche, en el establecimiento donde siempre comíamos helado, después de comernos un sándwich y cuando ya estábamos a punto de marcharnos, de repente le dijo al mesero:

—¿Y aquello que le pedí que me guardara en el refrigerador?

El mesero fue a buscar. Era una botellita de champaña. Bruno la recibió, tomó dos vasitos de plástico, de esos que formaban una pila junto al botellón de agua para beber, y, mientras caminábamos por el paseo peatonal, sintiendo la brisa del mar, me fue explicando:

—Las estaban distribuyendo en el avión a los pasajeros de primera clase y yo le pedí una a la azafata. Me dijo que, si sobraban me conseguía una. Y la traje para que nos la tomáramos juntos, para festejar este encuentro, para conmemorar todo.

Nos sentamos en un banco del paseo, destorció unos alambres que aseguraban el corcho y fue retirándolo suavemente, explicando:

—Es así como se hace, bien despacio...

—¿Cómo lo sabes? Estuviste haciendo un curso para tomar champaña, ¿sí?

Me miró de un modo un poco raro.

—Hice curso de italiano, Gabi. Lo sabes muy bien. Pero tome vino con mis tíos, algunas veces, y algunos eran espumosos, una especie de champaña italiana. No hay nada fuera de eso.

En ese momento el tapón estalló, comenzó a chorrear champaña por todos lados, parecía podio de Fórmula 1, baño general. La botella era tan pequeñita, que no quedó casi nada. Nos reímos mucho, fue muy divertido. Después él sirvió lo que había quedado e hizo un brindis:

—¡Por nosotros dos! ¡Por los nuevos tiempos!

Chocamos los vasitos y tomamos unos tragos. Yo nunca había bebido champaña, no me gustó mucho, sentí que me arañaba un poco la garganta en el momento de pasar. Pero producía un cosquilleo divertido en la nariz. Repetí el brindis:

—¡Por nosotros dos! ¡Por los nuevos tiempos!

Nos reímos mucho, nos abrazamos, nos besamos y después él me llevó a mi casa. Yo entré un poco preocupada por la posibilidad de tener algún problema con mis padres, pero aún era temprano, y pensaron que llegaba de la casa de Bia. Todo salió bien.

Me fui para mi cuarto llena de alegría. ¡Bruno había vuelto! ¡Estaba hermoso y yo seguía gustándole! ¡Viva! Y ahora iban a ser los nuevos tiempos, como él había dicho... Los viejos tiempos habían terminado. Ya no era una

chiquilla tonta. Sé que eso no tiene mucha importancia, pero colgué a mi cuello la cadenita con el camafeo, me acordé del reciente gustito de la champaña y de Bruno, y pensé:

—Joyas, champaña... Gabi, estás creciendo...

Al día siguiente desperté decidida. Los nuevos tiempos no podían ser tiempo de mentira. Aproveché que todo el mundo estaba reunido en torno a la mesa del desayuno y disparé:

—¿Saben lo de Bruno?

Los dos se quedaron quietos y me miraron. Papá sólo preguntó:

—¿Aquel?

—Aquel mismo —confirmé.

—¿Y qué hay de Bruno? —preguntó.

—Regresó de Italia ayer —anuncié.

—¿Te gustó? —preguntó mi mamá.

—Me gustó... Pero yo quería contarles una cosa.

—Entonces cuenta.

—Tenemos amores...

Se hizo un silencio. Mamá miró a papá, como si quisiera ver qué iba a hacer él, para saber qué debía hacer ella. Pero él se mostró irónico:

—¿Y llegó ayer? Esos italianos son realmente rápidos... Por lo visto, el muchacho aprendió a ir directamente al grano...

—Bueno... —expliqué— Nos escribimos un poco mientras él estaba allá...

Él rió.

—¿Estás feliz?

—Mucho, papá, él es maravilloso, yo sólo quería que tú lo conocieras para que pudieras ver...

—Bueno, si ustedes tienen amores, lo voy a conocer, ¿no es así? Sin duda, no va a querer salir de esta casa... De modo que voy a tener que encontrarme con él... ¿O es invisible?

¿Mi propio padre diciendo aquello? No lo creía. Es decir, concordaba con el modo de ser de mi papá, con su manía de hablar de todo así, siempre en broma. ¿Pero con este asunto?

Nuevos tiempos... Aproveché la oportunidad:

—El sábado va a haber una fiesta en casa de Bia y él podría venir a la casa a recogerme...

—Eso es... Así lo voy conociendo... Vamos a ver si mi hija sabe elegir...

Se levantó para salir, me dio un beso, un abrazo y me dijo, cariñoso:

—Cuídate, niña...

Me quedé a solas con mamá, sin lograr entender. Ella estaba con los ojos aguados y dijo:

—Me siento muy feliz porque eres feliz con el muchacho que quieres. Es muy bueno que toda esta historia termine bien... yo estaba haciendo mucha fuerza.

—¿Haciendo mucha fuerza?

—Claro, Gabi... ¿Olvidas que yo sabía? Había leído las cartas... Me di cuenta de que ustedes dos eran unos amores, juiciosos, responsables. Y él escribe bien, es inteligente, divertido.

—¿Y todo ese cuento de que él era el novio de Dora?

—Bueno, aquello fue realmente un pésimo comienzo, y no hablaba muy a favor del muchacho... Tu papá tenía razón. Pero, por lo visto, ustedes evolucionaron, maduraron...

Rectifiqué, jugando con las migas de pan sobre el mantel:

—La situación evolucionó, querrás decir. Se evidenció que todo aquello era invención de Dora. Que no habíamos hecho nada indebido. Que él no tiene "una grave falla de carácter", como ustedes decían. Que no era un entusiasmo pasajero.

Se levantó para empezar a recoger la mesa, mientras yo dibujaba un corazoncito en el mantel con el afrecho desprendido del pan. Fue recogiendo los platos y hablando:

—Gabi, querida, ¿no crees que debemos dejar eso atrás? Pudo haber errores de parte y parte, pero ahora todo está bien. Algo que nos enseña la vida es a aprovechar los buenos momentos como son, sin transformarlos en malos momentos...

Mi madre está toda llena de lecciones de sabiduría, pero esta vez consideré que tenía razón. Si yo estaba tan feliz, ¿para qué complicar las cosas? Me levanté también para ayudar con la loza. De repente se me ocurrió algo y le pregunté:

—¿Cómo es que papá cambió de un momento a otro? ¿Hiciste alguna cosa al respecto?

Sonrió, radiante.

—No fue de un momento para otro, pero hice lo que podía.

—¿Y qué era lo que podías?

Nunca había visto a mi madre así: Al mismo tiempo que un tanto orgullosa, un poco avergonzada. Ella vive diciendo que se siente como una lombriz en el gallinero, pero apuesto a que en ese momento se estaba sintiendo como una gallina que acaba de poner un huevo y sale cacareando a anunciarlo:

—Bueno: comencé después de tu cumpleaños, cuando Bruno telefoneó. Es decir, antes yo ya había contado que él estaba en Italia, para tranquilizar a tu papá con la distancia, pero también porque tenía miedo de que él viera una carta en la portería, como sucedió conmigo, y se pusiera furioso. Entonces, el día de tu cumpleaños, por la noche, le comenté que ese muchacho debía estar interesado en ti, para haber llamado de tan lejos. Quiso saber, si yo lo conocía, cómo era él... Yo no sabía, pero le dije que el otro día me habías mostrado una postal suya...

—¿Que te la había mostrado? Doña Patricia, ¿cómo pudiste? Mentir de esa manera, qué cosa más fea...

—Bueno, no iba a decirle que ustedes estaban llenos de secretos, escribiéndose a escondidas, todas esas cosas, ¿no es así? En fin, fui hablándole con tacto, haciendo de vez en cuando un comentario favorable aquí, otro allí... Y conversamos mucho también sobre Dora. Aquello de su rápido compromiso matrimonial era la mayor prueba de que no había nada entre ella y Bruno...

—Como siempre lo dije y nadie me quiso creer.

—Sí...

Pero, en fin, sirvió. Pudo haber sido por remordimiento, pero ella ayudó. Y en cuanto conocieron a Bruno, no era posible creerlo: ¡Se hicieron amigos! Mi mamá resolvió hacer macarronadas especiales los domingos, para que él aliviara su saudade de Italia. Mi papá comenzó a ir con él y Tiago a fútbol; estaba "adoptando" a Bruno. ¿Y él? Totalmente a sus anchas. Parecía que nunca hubiera vivido otra vida y que aquella casa fuera la suya.

Bueno, ¿no?

¿Bueno? ¿Realmente?

En un principio, pensé que lo era. Pero después encontré que estaban intimando demasiado. Un día que Eduardo me llamó para acordar un partido de voleibol con el grupo de amigos, mi papá protestó.

—No está bien que sigas saliendo con otros muchachos, si tienes amores con Bruno.

—¡Eh, papá! Eso nada tiene que ver...

—¿Él lo sabe?

—Todavía no, pero lo va a saber. Y si quiere, también irá. Pero no ha llamado.

—No me gusta mucho eso. Y creo que a Bruno tampoco le va a gustar.

Sobre ese partido, Bruno no se manifestó, e incluso nos acompañó. Pero enseguida comenzó a mostrar que no le gustaba otra cosa: mi trabajo.

—Pucha, a todo momento que quiero verte por la tarde, estás ocupada. O estás estudiando o tienes que dar clase... No tienes un tiempito para mí, ¿no?

Hasta parecían palabras de mis padres:

—No sé que necesidad tienes de dar esas clases, hija. Es muy pronto para que empieces a trabajar... —decía mi papá.

Y mi mamá, que siempre prefiere ver la cuestión un poco de lado:

—Vas a acabar perjudicando tus estudios.

—No, mamá, por el contrario. Ahora estudio más inglés, porque tengo que dar clases, prepararlas... Ustedes debieran estar contentos: estoy ganándome mi plata, no seguí pidiéndoles cosas a todas horas...

Eché para adelante, pero a ninguno de ellos le gustaba, y constantemente les oía comentarios ásperos. Papá llegó a ofrecerme aumentarme la mesada, pero yo no necesitaba dinero extra. Cuanto más insistían, más sabía yo que no quería dejar de trabajar, que me parecía óptimo tener un dinero que yo gastaba como quería, sin tener que rendirle cuentas a nadie. Si, por un lado, estaba muy feliz porque ya no necesitaba mentir, por otro lado también era verdad que gran parte de mi alegría no provenía sólo de Bruno y de las buenas relaciones con mis padres. Provenía de saber que estaba conquistando más libertad, preparándome para ser dueña de mí misma, para andar sin cadenas en los pies, del modo que yo quisiera. Gracias a mi trabajo.

AMPOLLAS

Estoy obligada a reconocer que en una cosa Bruno tenía razón. Era verdad que disponía de menos tiempo para él a causa de mi trabajo. Pero también él disponía de menos tiempo para mí a causa del examen de admisión a la universidad. Desde que regresó, metió la cara en los libros, para recuperar el tiempo perdido. Tenía las clases del curso preparatorio y un montón de cosas para estudiar. Pero siempre que podía, en cualquier momento libre, iba a mi casa. Esos momentos, sin embargo, no eran muchos. Por eso se fastidiaba tanto cuando en esos momentos no estaba libre yo también.

Pero también era cuestión de organización. Las clases que yo daba tenían día y hora precisos. Él podía perfectamente estudiar a esa misma hora, de modo que tuviera tiempo libre cuando yo también lo tuviese. Si no hacía eso, era porque seguramente pensaba que mis ocupaciones eran menos importantes que las de él. Ganas de complicar las cosas.

Entonces surgió una complicación. *Miss* Mary, profesora de ingles, estaba toda entusiasmada con mis clases, las personas las elogiaban, ella quería siempre conseguirme más alumnos y yo no aceptaba por falta de tiempo. ¡Pero surgió una oportunidad maravillosa! Iba a haber un congreso internacional de turismo en nuestra ciudad, con conferencias, mesas redondas, una exposición de artesanías y visitas a una cantidad de lugares. Y estaban buscando recepcionistas, de buena apariencia y que hablaran inglés. Pagaban muy bien. Y recalcaban bien eso.

Miss Mary se entusiasmó toda cuando le pidieron que indicara algunas alumnas, y de inmediato me recomendó. ¡Era perfecto! No era necesario perder ninguna clase, porque iba a ser justamente durante un puente.

Claro que acepté toda entusiasmada. Y en seguida me puse de acuerdo con las demás chicas para asistir a las charlas de entrenamiento y tomarnos las medidas para los uniformes... pues nos daban una ropa muy elegante, con zapatos nuevos, bolso y todo. E incluso nos pagaban el peluquero.

Pero cuando llegué a casa con la noticia, ¿sabes que no obtuve el éxito que esperaba?

Mi mamá se mostró desagradada y comentó:

—Creo que estás excediéndote, vas a acabar cayendo enferma de tanto esforzarte. Ya no comes casi nada, estás tan flaca que das lástima, y ahora te quedarás sin dormir...

—¿Sin dormir, mamá? El horario es casi todo de día. De noche duermo.

—Sí, pero vas a quedar agotada. Deberías aprovechar los días festivos para descansar, hija.

—Yo puedo descansar todos los fines de semana. Un congreso de estos sólo ocurre una vez en la vida. Quién sabe cuándo volverá a presentarse una oportunidad así...

—Vamos a ver que opina tu padre.

Bueno, cuando mi papá llegó, no me prohibió, pero empleó otros argumentos:

—¿Recepcionista?

—Sí.

—¿Una hija mía? ¿De recepcionista?

¿Aguantándose los galanteos de cualquiera? ¿Soportando las propuestas deshonestas de cuanto tipejo llegué por ahí?

—No, papá, dando informaciones a las personas, recibiendo al público, guiando a los visitantes extranjeros. Y nadie habla ya de "galanteos" y "propuestas deshonestas". Son palabras casi tan pasadas de moda como esa idea.

A él le pareció gracioso, pero insistió:

—Ah, sí, me olvidaba. El nombre cambia, pero es la misma cosa. Pero, sea como sea, pienso que no está bien. Tú eres aún muy niña, no sabes defenderte. Vas a estar expuesta a todo tipo de constreñimientos, a tener que soportar personas que pueden ser groseras...

—Papá, déjate de bobadas... Puede haber uno que otro maleducado, pero eso lo encontramos en cualquier situación de la vida. En un establecimiento comercial, en el autobús, en cualquier lugar... Pero la mayoría son profesionales, trabajando.

—Haciendo turismo, lejos de casa, queriendo hacer programa, tú no sabes cómo es eso...

—Entonces es hora de aprender. Es sólo cuestión de no dejarse enredar en la conversación, de decir un no bien firme, ¡y listo! Pucha, ¿tú no confías en mí?

—Confío, no es eso, pero es que la idea no me entusiasma...

Estaba cediendo. Lo conozco.

—Eso estoy viendo. Pero yo sí lo deseo mucho. Pienso que va a ser bueno. Y pienso que, aún sin entusiasmo, podrías darme permiso. Si quieres, vas hasta allí conmigo, conversas con las personas, te informas directamente. Si no fuera interesante, si no valiera la pena, *Miss* Mary no me habría recomendado. ¡Ella no es irresponsable! Incluso es una persona muy chapada a la antigua.

—Está bien. Tu madre va a la primera reunión de entrenamiento, conoce al personal, explica que eres menor de edad...

—Ya lo saben.

—Pues entonces es natural que ella vaya a enterarse, ¿no es cierto?

Le di un beso y manifesté mi acuerdo:

—Cierto. Lo importante es que me hayas dado permiso.

Él, sin embargo, no quiso dejar de decir:

—Un permiso un poco reticente, pero en fin...

—¿Un poco? Reticentísimo, como diría José Dias.

Se rió. Y yo me acordé de contarle:

—Al fin nunca te lo dije, ¿pero sabes quién me prestó *Dom Casmurro* para que lo leyera? ¡Fue Bruno! A ustedes dos les encanta Machado de Assis, ¿sabías? Un punto en común más...

—Ese muchacho me sorprende... —dijo, con aire de admiración.

Después de una pausa, levantó un poco las cejas y preguntó:

—¿Y qué opinó él sobre esa idea tuya de trabajar como recepcionista?

—Aún no he hablado con él.

—Pues habla. Algo me dice que tenemos más de un punto en común —concluyó, antes de tomar el periódico.

Lo peor es que él tenía razón. Si con mi papá y mi mamá había sido difícil, con Bruno fue un escándalo. Yo no esperaba eso. Comenzó tan naturalmente... Antes de que yo tocara el tema, cuando nos encontramos, él fue diciendo:

—Preciosa, una vez más vas a tener que ser comprensiva, pues casi no va a ser posible vernos en estos días. Voy a aprovechar los días festivos para poner al día unos cuadernos de matemáticas y tratar de resolver unos problemas, porque hay unos puntos difíciles y estoy lleno de dudas.

¡Me pareció excelente! Así yo quedaba con el tiempo libre y evitaba problemas. Por eso dije:

—Claro que entiendo, no hay el menor problema. Y va a ser bueno, porque voy a trabajar durante el puente, y tampoco yo iba a tener mucho tiempo.

—¿Trabajar? ¿En qué? No me digas que ahora los niñitos pasan los días de descanso aprendiendo inglés.

—No es con los niñitos, Bruno, es otra cosa.

Y le conté todo, muy entusiasmada. Le expliqué cómo era el congreso y qué iba a hacer yo. Le conté que *Miss* Mary me había recomendado, que había una cantidad de candidatas, y que yo había sido seleccionada. Me chocó un poco su comentario:

—¡Eso no!

—¿Porqué eso no? ¿Puedo saber?

—Porque tú no necesitas de eso y sigues inventando cosas sólo para fastidiarme.

—¿Fastidiarte? Eso no, digo también yo.

—Sí, sí. Tú tienes la manía de ser independiente, de hacer todo lo que pasa por tu cabeza sin consultarme, sin querer conocer mi opinión. Y cuando supones que no me va a gustar, inmediatamente lo haces.

—¡Que idea más absurda, Bruno! Pensé que te iba a parecer lo máximo, como me pareció a mí...

—¿Qué te exhibas para los gringos en un congreso? Y no piensas que casi no vamos a encontrarnos en esos días, sólo por causa de tu trabajo. No sientes la menor necesidad de verme, ¿no es así? ¿Por qué no lo dices y acabas con esto de una vez?

¡Pucha, qué reacción! ¿Acabar con esto? ¿Esto qué? ¿Nuestros amores? Me puse fu-

¡Me pareció excelente! Así yo quedaba con el tiempo libre y evitaba problemas. Por eso dije:

—Claro que entiendo, no hay el menor problema. Y va a ser bueno, porque voy a trabajar durante el puente, y tampoco yo iba a tener mucho tiempo.

—¿Trabajar? ¿En qué? No me digas que ahora los niñitos pasan los días de descanso aprendiendo inglés.

—No es con los niñitos, Bruno, es otra cosa.

Y le conté todo, muy entusiasmada. Le expliqué cómo era el congreso y qué iba a hacer yo. Le conté que *Miss* Mary me había recomendado, que había una cantidad de candidatas, y que yo había sido seleccionada. Me chocó un poco su comentario:

—¡Eso no!

—¿Porqué eso no? ¿Puedo saber?

—Porque tú no necesitas de eso y sigues inventando cosas sólo para fastidiarme.

—¿Fastidiarte? Eso no, digo también yo.

—Sí, sí. Tú tienes la manía de ser independiente, de hacer todo lo que pasa por tu cabeza sin consultarme, sin querer conocer mi opinión. Y cuando supones que no me va a gustar, inmediatamente lo haces.

—¡Que idea más absurda, Bruno! Pensé que te iba a parecer lo máximo, como me pareció a mí...

—¿Qué te exhibas para los gringos en un congreso? Y no piensas que casi no vamos a encontrarnos en esos días, sólo por causa de tu trabajo. No sientes la menor necesidad de verme, ¿no es así? ¿Por qué no lo dices y acabas con esto de una vez?

¡Pucha, qué reacción! ¿Acabar con esto? ¿Esto qué? ¿Nuestros amores? Me puse furiosa, iba a dar una respuesta muy de las mías, bien malcriada. ¿Pero sabes que me acordé de mamá? De aquello de querer vivir en paz... Sólo que mi paz es distinta, y ataqué de frente, pero tratando de conservar la calma.

—Bruno, no estoy entendiendo. ¿No fuiste tú mismo quien acabó de decirme que vas a estudiar y permanecer ocupado durante el puente?

—Sí.

—¿Y entonces?

—Pero tú aún no lo sabías. Y resolviste tomar ese trabajo sin saberlo. Yo podía estar planeando un buen programa, haber arreglado un paseo a la casa de alguien, una acampada, qué sé yo... Si así fuese, tú no podrías ir. Porque, como siempre, pusiste el trabajo en primer lugar. Yo vengo a quedar allá, al final...

—Ah, ¿sí? ¿Y tú? ¿Te pasó por la cabeza que yo podía tener un buen programa, un paseo, alguna cosa maravillosa para hacer los dos, y una vez más resuelves quedarte con la nariz metida en esos libros...?

—Yo tengo que presentar mi examen de admisión a la universidad. Tú sabes que eso no es broma...

—¿Y mi trabajo? ¿Es broma?

No respondió, se mostró enfurruñado. Yo también hice mala cara. Consideraba que él no tenía razón alguna y no estaba dispuesta a hacer un gesto de reconciliación (¡palabra!), para calmar las cosas, una vez más. Si quería, quien tenía que tender la mano era él. No la tendió. En el momento de irse sólo pronunció "chao" y se fue. Me quedé llorando, muy deprimida. ¿Qué quería decir aquello? ¿Sería que yo había ido demasiado lejos? ¿Que había elegido el camino equivocado? ¿Sólo para estar cuatro días con una ropa pasada de moda, sonriéndole a todo el mundo y ganar un dinero que, en el fondo, no era indispensable, sería que iba a perder a Bruno? Yo no quería eso. Había luchado tanto por él... Había estado tanto tiempo construyendo esa relación, como dice mi tía Carmem... Tuve deseos de salir corriendo detrás de él, de pedirle disculpas, de desistir del trabajo, de prometer que nunca más haría eso... Pero había un lado mío que consideraba que yo no podía ceder. Y no era sólo por orgullo, no. Era algo más serio, algo que yo misma no sabía qué era.

De todos modos, eso disminuyó un poco mi entusiasmo con el trabajo. Era nuestra pelea más seria, nunca antes había sucedido, eso de irse sin siquiera darme un beso y no telefonear al día siguiente. Lloré un poco, estuve un día entero peleando con todo el mundo en casa, acabé llamándolo, una conversación un poco sobre la base de "tenías razón, discúlpame, debí haber hablado contigo antes, pero pensé que no había ningún inconveniente, otra vez te digo, pero ahora no es posible renunciar, ya me comprometí", todas esas cosas. Él también cedió, me pidió disculpas, dijo que le había gustado que lo hubiera llamado, que estaba esperando que yo le telefoneara, que anda muy nervioso a causa del examen de admisión, que me quiere mucho, y que sólo por eso se había enfadado, porque quería que yo pudiera estar con él cada vez que él tuviera un tiempo libre... Y acabó confesando que tiene celos, que sabe que eso es una cosa anticuada, pero que no consigue evitarlo, y se puso furioso de imaginarme toda bonita en medio de una cantidad de tipos rondándome a toda hora... Hasta parecía que estuviera hablando mi padre.

Pero claro que me encantaron las explicaciones, me reí como loca.

El último día del congreso fue a buscarme al final de la jornada, y fuimos a comernos una pizza; fue superagradable.

Valió la pena la crisis. Hacer las paces fue óptimo.

Después, un día que él estaba en mi casa, Tiago me pidió:

—Gabi, tú que andas rica, podrías muy bien colaborar para comprar las camisas de nuestro equipo... Estamos haciendo una lista. Sólo una ayudita, ¿sí...?

Desde que salió de vacaciones, Tiago sólo hablaba de esas camisas. Le pregunté cuánto era, estuve de acuerdo, y bromeé:

—Afortunadamente es poquito y no es necesario esperar el día de año nuevo para sacar el dinero de los ahorros...

Entonces mi papá preguntó:

—¿Qué vas a hacer con todo ese dinero que estás juntando, Gabi?

—Aún no lo sé —respondí—. Por ahora, simplemente estoy juntándolo. Voy a sacar una parte para comprar unos regalos de navidad, pero seguiré ahorrando para alguna cosa.

—¿Para qué, por ejemplo? —quiso saber Bruno—. ¿Qué tienes deseos de hacer?

—Todavía no sé exactamente... Tal vez viajar. Hay unas excursiones muy buenas, que se pagan a plazos. Estuve viendo unos anuncios en el periódico.

—¿Excursiones? ¿A dónde? —preguntó él.

—Qué sé yo... A una cantidad de lugares... Cuando llegue el momento veré, depende de lo que tenga ahorrado.

Él hizo cara de contrariedad. Como estábamos en la mesa, con toda la familia, cambiamos un poco de tema. Tiago dijo que tenía deseos de ir a Disneylandia, mi papá dijo que la difícil situación económica, que el país está viviendo una profunda crisis, mi mamá comenzó a hablar del costo de la vida. Bruno permaneció callado; las circunstancias no le permitían iniciar una pelea allí, pero vi que estaba disgustado. Así que, tan pronto como quedamos solos, tocó el tema otra vez. De nuevo, la misma historia: Que yo hago mis planes sin él, que eso es un absurdo, etcétera. Le expliqué que no estaba haciendo ningún plan, que estaba sólo soñando, que podían transcurrir años y no llegar nunca a reunir ese dinero, que era una bobada disgustarse por eso... En fin, pasó y volvimos a estar bien.

Pero una vez más sentí algo diferente. Como cuando nuestro pie va creciendo y el zapato comienza a apretar, al principio muy poquito, después cada vez más, se va formando una ampolla, nos ponemos un esparadrapo, pero sabemos que va a haber un momento en que esto ya no es solución. Y no es posible recortar el pie, volverlo al tamaño de antes. Hay que conseguir un zapato nuevo.

Hubo otras "ampollas". Una fue la fiesta de los compañeros del curso preparatorio, para festejar que habían pasado el examen de admisión a la universidad. Todo el mundo estaba divirtiéndose, Bruno estaba superalegre, pero sin querer bailar... Y fastidiando porque yo no paraba: bailaba con todo el mundo, o sola, todo el tiempo... Otra fue un pantaloncito mío que a él le pareció demasiado corto y dijo que fuera a cambiármelo, que él no salía conmigo de ese modo. Y otra fue cuando las clases se reanudaron y yo tuve la idea de organizar una campaña de reciclaje en el colegio.

ESO NO ME LO QUITA NADIE

Siempre Bruno y yo habíamos conversado mucho sobre ecología, medio ambiente y todas esas cosas. Desde el principio, fue un asunto en que siempre coincidimos. Me acuerdo de que aquel primer día, en la playa, con Dora —¡Dios mío!, cómo me parece eso lejano—, se levantó él de repente, en medio de la conversación, recogió una bolsa de plástico que estaba tirada en la arena cerca de donde las olas se quebraban, y fue a arrojarla en el cubo de la basura que había sobre el paso peatonal, al lado de la caseta de agua de coco. A mí me pareció excelente, y así lo comenté. Dora también dijo:

—Pero no era necesario ir hasta allá arriba. Podía cavar un hoyo y enterrarla aquí en la arena. De ese modo, la playa también quedaba limpia.

—No, no quedaba —respondió él—. Sólo parecía que quedaba. Pero las bolsas plásticas son una de las cosas más peligrosas al quedar en el agua así, flotando. Principalmente para los delfines y las ballenas, que comen de un solo bocado, con el consiguiente riesgo de que engullan ese plástico que puede asfixiar de un momento para otro a los pobres animales. Yo siempre las recojo, y pienso que puedo estar salvando un animal...

Después que regresó de Italia, Bruno se volvió más estudioso de esas cosas, más informado. Y comenzó a decir que quería especializarse en ingeniería ambiental, que iba primero a hacer un curso de ingeniería común, porque era lo que había en nuestra ciudad, pero quería seguir alguna carrera en ese campo, especialmente para la recuperación de las aguas.

Por eso, la idea que tuve sobre el reciclaje en el colegio surgió naturalmente, de nuestras charlas, cuando él me fue contando que en Roma había separación de basuras, que los basureros recogían todo ya seleccionado: vidrio, metales, papel, plástico y basura orgánica, todo separado. La propia población se anticipaba al proceso de reaprovechamiento industrial de todo aquello.

Yo seguía pensando que no podía cambiar de un momento para otro, sola, la manera como se realizaba aquí la recolección de basura, todo mezclado, en aquellos camiones que la trituran. Probé a separar la basura de mi casa, pero nada sacaba. Los propios basureros tiraban todo junto en el camión. La que tenía que cambiar el procedimiento era la alcaldía. Se necesitaba una buena campaña para convencer al alcalde y enseñar a la población.

Pero un día hablé de eso en clase, y todo en mundo estuvo de acuerdo conmigo. Vi que no estaba sola. Comencé a pensar, hablé después con los compañeros, y en pocos días mi curso había iniciado un movimiento por la separación de la basura en el colegio. Los recipientes de recolección eran diferentes, pero también tuvimos que realizar un gran trabajo, haciendo contactos con los recolectores de papel, chatarra, envases de vidrio usados, todas las cosas, para acordar con ellos que vinieran a recoger directamente en la escuela todo ese material, ya que la alcaldía no lo separaba.

Es decir, el trabajo fue encontrar a los tipos. Porque a ellos les encantó la idea. ¿Y sabes por qué? Porque estaban acostumbrados a pagar por todo eso, y ahora lo iban a recibir gratis de nosotros. Al principio funcionó bien. Pero yo no estaba satisfecha. La primera vez que le comenté a Bruno que el colegio debía vender esa materia prima, se rió de mí.

—¿Vender la basura del colegio? Tienes ideas graciosas. Ahora sólo piensas en dinero, ¿no es así?

Quedé un tanto asombrada y, como no le vi mayor entusiasmo, cambié de tema. Pero no me quité la idea de la cabeza y hablé con mis compañeros de curso. Uno de ellos, Daniel, dijo que había leído algo sobre una escuela pública en Río o São Paulo que había hecho una cosa así y le había ido superbien. Además de estar contribuyendo a mejorar el ambiente, claro. Él no sabía si habían vendido toda la basura, pero sabía que hicieron algo con latas de cerveza y refrescos usadas.

¡Listo, ya era una pista! Daniel y yo visitamos a una cantidad de distribuidores de bebidas, tratando de averiguar. Había gente que no entendía nada, había gente que soltaba una carcajada y se quedaba riéndose en nuestras narices, pero uno de los tipos fue supersimpático y nos dijo:

—Miren, eso no es con nosotros, sino que debe de ser con los fabricantes de las latas. Son ellos quienes hacen una formidable economía con eso. Tiene que interesarles.

Acabó ayudándonos a averiguar la dirección de los fabricantes.

Les escribimos, en nombre del colegio. Respondieron. Carta va, carta viene, finalmente enviaron un representante a conversar con nosotros. Y ahí fue cuando Daniel tuvo una idea genial:

—Necesitamos tener un objetivo, hacer una campaña a la que todo el mundo se adhiera, incluso fuera del colegio. Para impulsar la idea. Por ejemplo, recoger una cantidad X de latas, no se cuántas, pero que haga posible conseguir algo que estemos deseando mucho... Y conseguir que los padres, los vecinos, todo el mundo colabore.

—Para pavimentar de nuevo la calle, por ejemplo —sugerí.

Aquel pavimento viejo, todo agrietado y lleno de huecos, me incomodaba.

Daniel me miró con un brillo en los ojos:

—Eso es fácil. Con cualquier bazar bien organizado se puede conseguir la plata para eso. O con un buen patrocinador. Piensa más alto, Gabi.

—¿Más alto? ¿Crees que es posible?

—Gabicita... —dijo de una manera que me comprimió el corazón—. Somos del tamaño de lo conseguimos soñar. Y puesto que la realidad se queda siempre por debajo de los sueños, la cuestión es soñar muy alto, para acercarse más. Si comenzamos soñando poco, no levantamos vuelo...

—¿Y tú estás soñando con qué? —pregunté, indiscreta.

—Ah, con una cantidad de cosas. Tengo unos sueños personales, maravillosos, que un día te voy a contar, pero no ahora, sino sólo cuando el momento sea muy favorable y pueda ayudar a mis sueños en vez de dificultarlos. Sueños para mi propia vida, con una muchacha a quien quiera y que me quiera, con una profesión en la que pueda ser útil, dejar una buena huella en el Brasil y el mundo...

Hablaba de una manera tan convencida, que hasta se veía hermoso (Daniel no es ninguna belleza, ¿sabes? No le llega a los pies a Bruno, por ejemplo. Pero tampoco nadie le llega). Pero esa manera de hablar de los sueños era emocionante. Prosiguió.

—En cuanto al colegio, ahora, pienso que debemos soñar alto y al mismo tiempo mantener los pies en la tierra. ¿Qué es lo que queremos?

—Separar la basura.

—¡Perfecto! Es el primer objetivo. Pero si queremos que toda la ciudad haga eso, entonces tenemos que lograr hacer una campaña enorme, que movilice a todo el mundo. Y en cuanto al colegio, si vendemos montones de latas vacías, es posible soñar con otra cosa. Con algo muy grande. ¿Qué tal un sistema de computadores que los alumnos pudieran usar? Eso nadie nos lo va a dar pronto... Pero si lo conseguimos, es nuestro. Nadie nos lo quita.

Quedé tan entusiasmada, que le di un abrazo y empecé a saltar, como una niñita:

—¡Maravilloso!

Y después, dudosa, le pregunté:
—¿Pero será que lo conseguimos?
—¡Lo vamos a conseguir! ¿Puedo contar contigo?
—¡Claro!
Era un acuerdo. Tendí la mano, él la tomó entre las suyas y dijo muy serio:
—Acordado, socia.
La sociedad tuvo que trabajar mucho. Exigió un trabajo monumental. Convencer a las

personas, conseguir adhesiones, celebrar un contrato con los fabricantes de las latas (ellos eran quienes nos darían los computadores cuando llegáramos a un millón de envases de lata vacíos), llenar la escuela de carteles, dar charlas explicativas en las aulas, estar siempre atentos, tratando de encontrar maneras de que la campaña marchara más rápido, para que la montaña de latas creciera más aprisa, en fin, los meses siguientes estuvieron totalmente dedicados a ese proyecto. Y además las clases, el trabajo; yo andaba superocupada.

A Bruno le gustó la idea, tenía que ver totalmente con él, ni modo que no le gustara. La campaña le pareció lo máximo y ayudó a recolectar latas en la cafetería de la universidad. Pero no le gustó mucho que yo estuviera tan comprometida. Y me fastidiaba mucho con Daniel. Decía que era un aburrido insoportable, y que hubiera preferido que no liderara nada. Pero, a estas alturas, no había forma. Yo estaba metida en esto hasta el cuello, y él se daba cuenta de que no debía pasarse de la raya.

Un día, el papá de Bia, que es periodista, resolvió hacer un reportaje sobre la campaña. Fue al colegio, entrevistó a todo el mundo, fotografió la montaña de latas. Al domingo siguiente, el reportaje salió en el periódico. Con una entrevista a Daniel, coordinador general del proyecto. Y él explicaba todo, para todos los lectores. Pero también decía que no había sido una idea suya, que no era algo individual, que era el sueño de un grupo de personas con un interés común, y hablaba de mí, decía que era yo quien había tenido la visión de percibir que la ecología no es sólo palabras, sino que también puede ser un negocio lucrativo para todos los interesados... Y que la sociedad debería aprender de mí. En fin, me ponía por las nubes. Al lado estaba

mi foto. Debajo estaba escrito: "La musa de la campaña".

Listo, me convertí en el mayor suceso. Lo que empezaron a publicar los periódicos era increíble. No me parecía justo, insistí en que la idea era de Daniel. Entonces publicaron mis elogios a él. Bruno me reclamó:

—¿Es necesario hablar de ese tipo a toda hora?

—Pero yo sólo estoy diciendo la verdad.

—¿Y yo qué lugar ocupo en eso?

—Bruno, tú no eres del colegio... En eso tú no entras. Pero en mi vida, tú sigues estando donde siempre, tienes un lugar que es sólo tuyo...

Era gracioso. Él fastidiaba muchas veces. Pero no seguía muy adelante, no dejaba que se convirtiera en pelea. Como si supiera que, a esas alturas, una pelea podía llegar a ser algo muy serio.

Entonces apareció un reportero de la televisión. Ya faltaba poquito para completar el millón de latas; los computadores ya habían sido comprados y los estaban instalando en el colegio; iba a haber una gran fiesta para celebrar la entrega oficial, el intercambio de las latas por la sala de informática. El tipo me llamó a la casa y fijó la entrevista para el día siguiente.

Cuando colgué y le conté, Bruno me preguntó:

—¿De veras vas a ir?

—Claro, ¡qué pregunta!

—¿Y vas a seguir haciéndole elogios a Daniel para que todo el mundo oiga?

—Tal vez sí, tal vez no.

—¿Puedo saber por qué? —insistió.

—Depende de lo que me pregunten.

Puede ser que sólo tenga que hablar de la basura, de la venta de las latas, de los computadores. Pero si él comienza a decir que la idea fue totalmente mía, que soy la musa inspiradora, y no sé que más, eso es ridículo e injusto, porque es mentira. En ese caso, hablaré de Daniel, porque la verdad es que a él se debe todo esto. Y si vamos a tener computadores en el colegio para estudiar, es gracias a él.

La manera de concluir Bruno la conversación fue casi amenazadora:

—Entonces está bien. Di lo que te venga en gana. Pero piensa bien en todo lo que estás haciendo. Después no te quejes.

Seguí el consejo. Pensé mucho. Me fue difícil dormir esa noche, de tanto pensar. Me levanté y me puse a escribir casi todo esto que está aquí, hasta que aclaró el día, recordando nuestra historia, tratando de comprender. Sin culpar a nadie. No fuimos culpables cuando comenzó. No éramos culpables de que se estuviera acabando. Porque parecía que se estaba acabando, por más triste que esto pudiera ser. Cada uno cambió. Y estábamos volviéndonos tan diferentes, que yo ya no sabía si valía la pena seguir insistiendo. ¿Sería que yo estaba a toda hora desviándome de los problemas, sin querer encararlos? ¿Haciendo lo que mi madre siempre hacía y que yo tanto criticaba? ¿Es decir, mintiéndome a mí misma? ¿Fingiendo que todo iba bien y que los problemas se resolverían? Algo dentro de mí me decía que era un desperdicio dejar que se acabara de esa manera esa historia tan linda que Bruno y yo habíamos vivido. ¿Pasar por todo eso para finalmente perdernos el uno al otro? ¿Nadar, nadar y morir en la playa?

Yo sentía que había crecido, que había madurado durante todo ese tiempo. Había enfrentado las dificultades de los meses que él vivió en Italia, había luchado para conseguir que mis padres aceptaran a Bruno tal como era. Todo para ganar algo que no podía perderse así. Eso no me lo iba a quitar nadie. Como dormí mal, me desperté un poco cansada. Y estaba nerviosa a causa de la grabación. Nunca había aparecido en la televisión, y sentía un frío en la barriga de sólo imaginar que iba a haber toda esa gente mirándome a la cara.

Debe de haber sido a causa de eso. Yo estaba un poco distraída y me turbé. Pero ellos no lo consideraron así y lo pusieron al aire tal cual. Y, lo que es peor, todo el día estuvieron anunciando el programa para lo cual, repetidas veces, me mostraron precisamente a mí hablando.

Permite que te cuente.

Cuando llegué al estudio, vi que se trataba de una especie de mesa redonda. Éramos tres alumnos del colegio, del comité organizador (Daniel no estaba), además de un profesor y la directora. Explicaron que era una grabación, pero que las respuestas tenían que ser muy breves, porque era sólo una sección dentro del programa, y no se disponía de mucho tiempo.

La grabación comenzó. La entrevistadora fue haciéndoles preguntas a los demás, pidiéndoles que explicaran la campaña, el trabajo, los objetivos. Pensaba que no había quedado nada para preguntarme a mí. Entonces ella disparó:

—Y tú, Gabriela, que vienes siendo considerada como la musa de todo este movimiento, ¿cómo te sientes ahora? Es decir, desde el punto de vista personal... Ya sabemos que la campaña transformó al colegio e hizo que toda la ciudad se movilizara. Pero en tu vida, ahora que la victoria está a tu alcance, ¿no sientes de repente que le está faltando algo a lo que dedicaste tanto tiempo en los últimos meses? ¿Quedó un vacío? ¿O ya piensas en otras campañas? ¿Hay nuevos planes? ¿Nuevos sueños?

Me tomó desprevenida, porque me hizo hablar de cosas que estaban dentro de mi corazón. Y fui hablando, poco y sin prisa. Frases y pausas. Pero después, cuando vi en la pantalla, me encontré con que habían hecho antes una grabación con Daniel en el colegio, frente a la montaña de latas. Y hacían cortes: un pedacito de mi entrevista, un pedacito de la de él. Eran casi iguales. Como si hubiéramos acordado decir las mismas cosas. Ya ni sé quién dijo qué:

—Siempre estamos soñando.

—Hay que soñar en grande, porque la realidad es siempre menor que los sueños y, si se sueña en pequeño, sólo se vive una realidad muy pequeña.

—Nadie me está quitando nada.

—Aprendí muchas cosas con todo esto, ahora tengo la seguridad de que hay que batallar para conseguir lo que se quiere.

—Aprendí que cuando luchamos por los sueños ganamos mucho más de lo que soñamos.

—Gané muchas cosas.

Al final, dividían la pantalla por la mitad, y yo estaba de un lado y Daniel del otro. Y decíamos la misma cosa, como si fuera ensayado:

—¡Ah, no! ¡Eso no me lo quita nadie!

¡Listo, acababa! Sobre la imagen rodaban

los letreros de los créditos indicando quién hacía qué y después seguía un anuncio comercial. Toda mi familia se había reunido para ver el programa. Cuando acabó, me rodearon, me abrazaron, me dijeron que estaba linda, que me había ido muy bien, todas esas cosas. Y de repente todo se aclaró, como si hubiese un foco de luz iluminando mi interior.

Lo que esa luz me mostró es que nadie me quita lo que es mío. Y lo que es mío no son personas ni cosas, no es ni un enamorado ni un trabajo ni una campaña. Es lo que yo misma soy, y voy pasando a ser cada día, mi manera de ser, mi amor a la vida, mi manera de tratar de construir mis sueños. Eso, ciertamente, nadie me lo quita. Pero hay mucha gente con la que puedo compartir eso y que puede darme muchas cosas a cambio.

Aún tengo por delante muchas cosas por vivir. Quiero viajar, conocer montones de personas, estudiar mucho, trabajar, tener una carrera, independizarme, hacer mil cosas diferentes. Ya anuncié que esta no era sólo una historia de amores, del primer amor, de esas cosas. Pero acaba muy bien. Quedo en paz conmigo misma. Con aquella paz que no necesita de mentiras.

No sé si voy a permanecer con Bruno, si un día nos separaremos, si mis sueños y los de Daniel seguirán encontrándose, si aparecerán nuevas personas en mi vida y qué lugar ocuparán.

Pero hay un espacio que yo misma ocupó en ella. Eso, sí, no me lo quita nadie. Ahora ya lo sé.